ハヤカワ文庫JA
〈JA1230〉

めぐり逢ふまで

蔵前片想い小町日記

浮穴みみ

早川書房
7776

目次

めぐり逢ふまで

蔵前片想い小町日記

出典、伊勢物語「忘るなよ　ほどは雲ゐになりぬとも　空ゆく月の　めぐり逢ふまで」

序章　蔵前嫁き《い》遅《おく》れ小町

弥生三月、鶯《うぐいす》さえずる花曇りの昼下がり。

花見客でごった返す墨堤を、おまきは母親のおみちと連れだって歩いていた。

「待ってよぉ、おっかさん」

一向に歩みの進まない年寄りの群れが行く手をはばむ。道で鬼ごっこを始めた子供たちが邪魔で仕様がない。小柄なおみちはすいすいと人波に紛れていくが、おまきは誂《あつら》えたばかりの振袖に足を取られて、どうしても遅れてしまう。

振袖は目のさめるような鮮やかな赤である。

歩きにくさには閉口するが、お気に入りの赤をまとえば気分は平安絵巻の姫君である。

「おっかさんたら、せっかちなんだから、もう」

いつもなら女中のお亀が供をして、おまきに合わせてくれる。しかし今日は、おみちが

『供はいらない』と言い張った。結句、身軽なおみちを追って、おまきだけが大汗をかいている。

「ちょっとはひとに合わせるってことを覚えてほしいわよ……あら」

ちょうど三囲稲荷《みめぐりいなり》の鳥居の手前で、おまきは一本の桜の巨木を見上げて足を止めた。

もう十年近く前のことである。おまきは花見に訪れ妹のおあやの手をひいて、この桜木を見上げた。

あのときも、桜は満開だったっけ。

おませなおあやは一人前の女みたいにしなを作り、そして、

「あやは、この桜の下でお殿様と祝言をあげるの。きれいよ、きっと」

そうつぶやいたものである。

お殿様と祝言、か。

あのときおまきは、『でも、桜の下で祝言なんかあげたら、毛虫が落ちてくるから、やめたほうがいいわよ』と言って、おあやを泣かせてしまった。

我ながら、ちょっと言い過ぎたわね。

おまきが追憶にひたっていると、ざあっ、と一陣の風が堤を渡った。

「まあ、きれい」

満開の桜がいっせいに枝を揺らし、薄紅色の花吹雪があたりを染めた。子供たちが歓声

を上げ、そぞろ歩きの男や女がどよめいた。

ひるがえる裾を抑えようとして、おまきはふと手を止めた。

まさか。

花の香の中に、ふいに檜《ひのき》の木肌の匂いを嗅いだような気がしたのである。おまきは香りに襟首をつかまれたかのように振り向いた。

まさか、ね。

涼しげな香りは懐かしいひとの匂いによく似ていた。胸をかきむしられるほど会いたくてたまらない、たったひとりのあのひとの香に。

遠い記憶を呼びさまし、おまきは周囲を見まわした。

もしかしたら、この中にあのひとが……。

数人の男女が笑いさざめきながらおまきの傍らを通り過ぎていく。一瞬の香りは吹き渡る風にすでに取り払われていた。

風のいたずらだったのかもしれない。でも、もしもあのひとが現れたなら、わたしはひと目で気がつくだろう。

あのひとはわたしに気づいてくれるだろうか。

うん、きっと気づいてくれる。わたしはじっとあのひとを見つめ、あのひともわたしを見つめるの。ふたりは見つめあって……なんて言えばいいかしら。お久しゅうございます……おっと、ありきたり。本日はお日柄もよく……だめ。寄合の口上みたいじゃないの……ここで会ったが百年目……って、仇討ちじゃないんだから……んもう、言葉なんかいらないわ。見つめあって、手を取りあって、そして……。

「ちょいと、おまき！　あんたなにひとりでぶつぶつ言ってんの。あーあ、よだれなんかたらして、みっともない。ぐずぐずしなさんな、早く早く！」

おみちの威勢のいい声に邪魔されて、おまきの妄想はとぎれた。

「ほら、なにやってんの。よそさまのお邪魔になるじゃないか。とっと歩いた歩いた」

棒杭のように突っ立ったおまきを真ん中に人波が割れていく。

しかし、その人波の顔という顔がみな一様に薄笑いを浮かべて横目で見ていくのは、おまきではなく、ふくよかな丸顔のおみちであった。

「ちょいと、おっかさん、へんなことばっかり言わないでよ」

「へえ？　へんなことなんか言ったかい？」

「言ったわよ。それに、声、大きいよ」

「そうかい？　はっはっはー！　はっはっはー！」

空まで届きそうなおみちの笑い声が弾けて、すれ違う女がぎょっとのけぞった。

おみちの地声は並はずれて大きい。一町先からでもよく通ると言われている。

その朗らかな声も、さばけた気性も、店の奥を忙しく取り仕切る札差《ふださし》の女房には打ってつけなのだが、こんなふうに往来で大声を出されるとさすがのおまきも赤面してしまう。

「ちょいと、おっかさん、恥ずかしいから離れて歩いてよ」

「なあにが恥ずかしいのよ」

「その大声が恥ずかしいっ、お先にっ」

「あっ、ちょっとおまきったら」

おまきは裾をからげて早足になった。

おみちは継母である。

おまきが生まれてまもなく実母のあさひが亡くなった。そして三年後、おみちが後妻に入り、宗太郎とおあやを産んだのである。血のつながりはないけれど、おまきにとってお
みちは実母同然であった。

「ええと、このあたりのはずなんだけど……おまき、こっちこっち」

「えっ、どこなのよ」

おみちとふたりで花盛りの墨堤まで来たのは花見のためではない。近くの掛茶屋で知人の親子と会う約束がある。

これすなわち、偶然を装った気取らない見合いであった。

おまきはこの正月で二十三歳になった。いわば嫁《い》き遅《おく》れである。おまき本人のせいばかりではないのだが……。

「ああ、ここだ、ここだ」

だんご、と大書した旗を掲げた店の前でおみちが大声を上げた。甘い匂いが鼻をくすぐり、おまきの腹が、ぐう、と鳴る。

いかん、いかん。お腹をすかせてる場合じゃなかったわ。

おまきは気を取り直しておみちを見た。

おみちはまるで談判にでも行くかのように険しい顔で、大きな目を更に瞠《みは》っておまきに向き直った。

「いざ、出陣!」

「おっかさんたら、そんな、大仰な」

「なにを言ってるんだい。おまき、あんたそろそろ腹をくくらなきゃ。うじうじするのはもうおよし」

「うじうじって」

「噂がなんだい!」

おみちがぴしゃりと言って、道行く人がいっせいに振り向いた。

「お、おっかさん、声がたかい」

「嫁き遅れがなんだい!」

「いや、それは」

「言いたい奴には言わしておきゃいいんだよ。嫁き遅れてるのは、なにもあんたが悪いわけじゃない。根も葉もない噂のせいなんだから」

「ええ、でも」

「あんたはちゃんとしたお店の娘で、器量だって十人並以上じゃないか。噂を真に受けて、腰の引けてる男どものほうが悪いんだよ。嫁き遅れだの、いかず後家だの、他人にどうこう言われる筋合いはないんだ」

「あ、まあ、それは」

「それにね、ひとの噂も七十五日って言うじゃないか。だいたい、悪い噂なんて、こっちが気にしているから、向こうも気にするんだ。こっちが忘れた顔をしていれば、向こうだって、あれ、なんだったっけ、てなことで、気にしなくなるもんですよ。だからね、嫁き遅れ嫁き遅れって、気にすることなんかないの。大威張りで、わたしゃ嫁き遅れでーす、だからどうした、て思っていりゃいいのよ。だいたい、嫁き遅れってのは……」

「もうわかったから、嫁き遅れ嫁き遅れって、なんべんも言わないでよっ」

行き交うひとたちが、くすくすと笑っている。

ああん、もう、おっかさんたら。

ずけずけ物を言うのは裏表がない証拠でおみちに悪気はないのだが、あけっぴろげもここまでくると罪深い。

茶汲み女たちの視線が刺さるようである。

肩をすぼめて店に入ろうとするおまきをおみちが押しとどめた。

「ちょいとおまき」

「なによ、まだなんかあるの」

「ちょいと笑ってごらんなさいな」

「笑うって？」

「あんたは美人なんだから、仏頂面してないで笑いなさい」

「……おかしくもないのに笑えないわよ」

そもそもこの見合いだって、おみちが無理やり話をつけたのである。おまきは全く気が進まなかった。だいたい、いくら『気楽に』と言っても、茶店で団子を食べながらの見合いなんて風情に欠けるではないか。男と女は出会いが肝心である。目の前に団子など並べられては気が散って見合いどころではない。

おみちはなおも女丈夫よろしく、おまきをねめつけて言った。

「おかしくなくても笑うんです。女は愛想が身上。ほら、笑いなさい」

媚びを売るのは得意ではないが、これ以上おみちと言いあいをしたくなかった。

おまきは無理に口の端を引き上げた。

「ほら、もっと、ほっぺたあげて、目はにっこり……あー、なんか違うねぇ……そうだ！

あんたの好きな鳥飼和泉《とりかいいずみ》のお饅頭《まんじゅう》をひと口食べた時の味を思い出して……そうそう、その顔、可愛い！　とろけるような笑顔だわ。もういっぺん、はい、もういっぺん」

「……」

「その顔、覚えたね？　ここぞというときに、そのとろけるような笑顔、ね？」

「へーい」

とろけるような笑顔ねえ。

何度も稽古をしたせいで顔が引きつっている。なんだか自分の顔が自分のものでないような気がしてきた。

「あらまあ、増田屋さん、おしずさんじゃございませんか。こんなところで奇遇でございますねえ、ほほほほ……」

おみちがひと際甲高い声を上げた。店中の視線がいっせいに注がれて、おまきはめまいがした。

増田屋のおしずは、大人しそうな地味な顔立ちの女である。小さな声でもそもそとなにか言っているが、おみちの勢いに消されて全く聞こえない。

「……お久しゅうございますぅ。こちら、娘のまきでございますぅ……おまき、笑顔！　饅頭っ！」

おみちに小声で指図され、おまきは饅頭の甘さを思い出して頬をゆるめた。

ところが、おしずは戸惑ったようになおもそもそ言い続けている。

そう言えば、肝心の見合いの相手が見当たらない。

「おしずさん、勝次郎さんはどちらにおいでてございますか」

おみちが業を煮やして問い詰めると、おしずは申し訳なさそうに視線を外した。

ふと見ると、店の奥で、痩せて背ばかり高いうらなりひょうたんみたいな若い男がにやにやしながら茶汲み女の尻を撫でていた。

おしずがしきりに手招きした。ようやく男が気がついて、おみちとおまきの顔を見るなり、茶汲み女を邪険に突き飛ばした。そして、あたふたとおしずのそばへ来た。

勝次郎でございます……とおしずが消え入るような声で言った。(が、ほとんど聞こえなかった)

「娘のまきでございます！」

仕切り直し、とばかりにおみちが声を張り上げると、勝次郎が下卑《げび》た笑みを浮かべて、おまきをじろじろと見た。

「おまきさん？」

勝次郎が、気味の悪い流し目をよこした。

「……はい」

「俺って、ひと筋縄じゃいかない男だぜ。それでもいいって言うなら、俺についてこい」

「……はあ？」

勝次郎は芝居の真似事なのか、斜に構えて流し目をよこし続けるが、小さすぎる目に流し目はちっとも似合わなかった。とんだ勘違いである。

初対面でこの挨拶はなかろう。いけ好かない。

「おっかさん、悪いけど、わたし、先に帰ります」

おまきは毅然として勝次郎に背を向け、茶店から往来へ出た。

「あ、おまき、ちょいと、どうしたんだい」

おみちが血相を変えて追って来た。

「どうしたもこうしたも、田舎芝居に付きあってる暇はないのよ」

「なんてこと言うの。少しくらい気に食わなくたって、いきなり中座するなんて失礼でしょう」

「失礼なのはあっちじゃないの。おっかさんが、先様《さきさま》は噂なんて気にしないさばけた家だと言うから来てみたら、金目当てだかなんだか知らないけど、あんなぼんくら、願い下げよ」

「待ちなさい。男なんて、結局みんなおんなじですよ。ここいらで腹くくらなきゃ、一生独り身かもしれないよ」

「独り身上等！」

男がみんなおんなじ？　そんなはずない。あのひとは違うもの。絶対に……。

おまきは裾を蹴散らし、振袖をぶんぶん振って、渡し場へと土手を下った。すると、そこへ勝次郎が追ってきた。

「おまきさん、帰らなくたっていいじゃありませんか。お茶の一杯くらい……」

勝次郎は猫なで声でおまきの肩に手をのせ、ささやいた。

「それとも、これからふたりきりで船で楽しむってのはどうだい？」

勝次郎の納豆臭い息が頬にかかった瞬間、おまきはその手を思い切り振り払っていた。

「この似非《えせ》色男っ！　ひょうたん野郎っ！　触らないでよーっ！」

次の瞬間、どぼん、と派手な水音をたてて勝次郎が川に落ちた。

「た、助けてっ、助けてっ」

近くの船頭たちが手を貸して勝次郎はほどなく助けられたが、すっかり濡れ鼠になって、息も絶え絶えである。

ざまあみやがれ。

溜飲を下げて、おまきはその場を離れようとしたが、人が詰めかけ動けなくなった。

「おい、あんた、この男の連れか？　大丈夫か？」

野次馬のひとりに問いかけられて、おまきは仕方なくうなずいて答えた。

「おまきっ」

「大丈夫ですぅ」

すると男は、まじまじとおまきを見つめて言った。

「あんたいい度胸じゃねえか、普通の女なら泣いたり怖がったりするだろうに、そんな顔して」

そんな顔？

おまきは、はたとうつむいた。

水鏡に映ったおまきの顔は、稽古を重ねて身に着いたばかりの、とろけるような笑顔であった。

*

幼いころの記憶というのは、どうしてこうもきれぎれなのか。

まるで前後の脈略もなく、錦絵のような光景が、とぎれとぎれにおまきの脳裏に焼きついている。

その中で、ひと際鮮やかなひと続きの絵巻があった。


おまきは目を閉じていた。瞼《まぶた》を閉ざし、拳を握って、頭の先から足の先まで体を固く強張らせていた。小さな肩に力を入れて歯を食いしばっていた。

そうしていないと怖くてたまらなかったから。

少しでも力をゆるめると、なにか恐ろしいものが隙間という隙間から一気になだれ込んできそうだったから。その瞬間、自分の体が恐怖のあまり粉々に砕けてしまいそうな気がしたから。

おまきは袋詰めにされ、誰かに背負われて、どこか知らない場所へ運ばれようとしていた。汗臭い男の体臭が袋越しにもひどくにおった。

どうしてそんなことになったのか、わからない。気がついたときには、おまきは狭苦しい袋の闇の中に閉じこめられていた。男の背中で身を固くして、手足がもぎ取られそうな滅茶苦茶な揺れと恐怖に怯えていた。

ふいに揺れがやんだ。男が足を止めたのだ。

「おい、なんだそれは」

咎めるような調子の若い男の声がした。袋詰めのおまきの耳まで真っ直ぐに届くくらい、澄んで張りのある声であった。

「なんでもねえ」

おまきの頭のすぐ横で、低く鋭い声が答えた。

「盗みはするな」

「なにも盗んじゃいねえよ」

「中を見せろ」

「もういいじゃねえか、俺ぁ、急ぐんだ」

「動いたぞ。中を見せろ」

おまきは袋ごと乱暴に地面に引き落とされた。袋の口が開いて急に息が楽になった。顔を出すと、料理屋蔵《くら》やの行燈《あんどん》が目に飛び込んできた。柳の葉が薄墨色のすだれのように揺れていた。

「おい、待てっ」

砂埃が立った。袋を背負ってきた男が、おまきを置き去りにして逃げていったのである。

「子供じゃないか……怪我はないか」

檜のような香りがして、若い男がおまきを抱き起した。目を上げると、男の顔がすぐ近くにあった。

男は、今までにおまきが見た誰とも似ていなかった。

鑿《のみ》で刻んだように深い二重瞼の切れ込み。鼻も口も形よく作り物めいていたが、それでいて優しげである。削いだような頬は、よく鉋《かんな》をかけた木肌のように滑らかであった。

「どうだ、立てるか」

おまきは立ち上がろうとして、膝からくずおれた。足に力が入らなかった。体中が小刻みに震えていた。

冷たい地面にへたりこむと、次の瞬間、体がふいに、ふわりと浮いた。

男がおまきを抱き上げたのである。

「可哀想に……案ずることはない。家はどこだ。連れて帰ってやろう」

家、と聞いたとたん、堰《せき》を切ったように、おまきの双眸《そうぼう》からどっと涙が流れた。

「おうちに帰りたい……」

男は懐から芥子玉絞りの手拭いを取り出すと、撫でるように涙をふいてくれた。

「心配するな。俺が連れて帰ってやる。家はどこだ」

「蔵前の、いせやそうすけ……」

「伊勢屋か。札差だな」

男はうなずいて、おもむろに振り返ると大声で叫んだ。

「ひるむな、大義だ！　彼奴等《きゃつら》に目にもの見せてくれようぞ」

おお、とときの声が上がった。

「先に行く、向こうで落ちあおう」

そう誰かに言い残すと、男はおまきを抱いたまま風のように駆けた。

男の体は暖かかった。袋詰めで連れてこられたときは目が回るほど揺られ続けたのに、男の腕はおまきを支えてちくとも動かず、まるで景色の方が飛んでいくようであった。

まもなく男は足を止め、抱き上げたときと同じように、おまきをふわりと地面に下ろした。

裸足で降り立ったおまきは、もう震えていなかった。あふれた涙も風に乾いた。顔を上げると、男がおまきを見下ろしていた。

男は背が高かった。杉の木のようにすらりとしていた。あたりは暗かったのに、なぜか男の姿は、日の光を背負いでもしたかのように煌々と輝いていた。

おまきの背丈に合わせるように、男がしゃがんだ。

「ようし、いい子だ。よく堪えたな」

男はおまきの髪に手を添えて、外れかけた赤い手絡《てがら》を結び直しながら、輝くような微笑みを投げかけて言った。

「赤がとてもよく似合う」

おまきは自分の胸のあたりが、きゅんと引き絞られるように痛むのを感じた。


記憶の絵巻はそこでぷつりととぎれている。

後で聞いたところによると、おまきはひとりで家に帰ってきたという。芥子玉絞りの手拭いをしっかりと握りしめて。

おまきを助けて連れて帰ってきてくれた、その男のことを訊いても、誰も覚えていなかった。

男が残した物といったら、おまきの涙をふいた手拭いだけであったが、それとて、ありふれた品であったから、男を特定することなど到底不可能であった。

「木霊が姿を変えて、お助け下さったのかもしれない」

結句、そういうことになった。

たぶん、おまきはその日、もう少しでかどわかされるところであったのだ。

天明七丁未年、五月のこと、江戸は騒動の真っ最中であった。

度重なる天変地異や天候不順の後の卯の飢饉は諸国の百姓を苦しめた。米価の高騰に諸《しょ》色《しき》高値が続き、江戸でもとうとう暴民が蜂起したのである。

米屋、穀問屋、そして蔵前の札差も、軒並み打ちこわされたり施米を要求された。

そんな騒ぎの最中《さなか》、どさくさに紛れて誰かがおまきを連れ去ったのである。

当時、おまきはほんの七つであった。

娘の姿が見えなくなったと気がついて皆が大騒ぎし始めたところ、当のおまきがひとりでひょっこり帰ってきたのだ。

「あのときは、生きた心地がしなかった」

おまきの父、伊勢屋宗助は、今でもそのときのことを思い出すと冷汗が出ると言う。

記憶というのは不思議なもので、おまきはかどわかされる前後のことを全く覚えていなかった。騒動の最中だったのに、暴徒の姿も騒ぐ声も気にならなかった。

覚えているのは、おまきを連れ帰ってくれた男のことだけ。

檄を飛ばす凛々しい横顔、おまきを抱き上げた腕のたくましさ、檜の木肌のようなさわやかな香り、そして、まばゆいばかりの微笑。

もう一度会いたい。

そう思い続けて月日は過ぎた。

もしかしたら、会いに来てくれるかもしれない。

火熨斗《ひのし》を当てた芥子玉絞りの手拭いを抱いて、往来に男の姿を捜したこともあった。記憶をたどって、男と初めて顔をあわせた柳の下にも行ってみた。

あのひとは誰だったのだろう。

この折の騒動は甚だしいものであったが、一方で、大層統制がとれていたらしい。暴民たちは、米や大豆などを打ち散らしても決して盗むことをせず、家財道具を引き出して帳面などを破り捨てても火の元には気をつけた。

後に聞くところによれば、暴民の中に十七、八と見える美少年がいて、皆の先頭に立って指揮をして、飛鳥の如く駆け巡り、金剛力士の如き怪力で、目覚ましい活躍をしたという。

あるいはそれがあのひとだったのかもしれない、とおまきは思った。幼女だったおまきの目から見れば、十七、八の少年も立派な大人の男である。

しかし、その少年もまた、どこの誰とも知れず、騒動が鎮まると霞の如く消えてしまったというのだから、確かめる術もない。

時が過ぎ、何度も反芻するうちに、記憶は曖昧になるはずなのに、男の姿だけがますます鮮明になっていく。

「赤がとてもよく似合う」

男にそう言われて、輝くような微笑みを投げかけられたときに覚えた胸の痛みが、たぶん、おまきの初恋であった。

男は、おまきの光源氏。まさしく、忘れがたい光る君であった。

淡い初恋は、おまきの心に焼印のような跡を残した。

光る君に引き比べれば、町内の今業平《いまなりひら》なんぞ、しゃもじに毛が生えたようにしか見えない。

あんなひとはどこにもいない。

年ごろになっても誰にも心が動かなかった。

それでも、時の流れに洗われて、至上の恋の面影は次第に薄れ始めた。折も折、おまきにちょうどいい縁談がきた。

相手は日本橋の大きな商家の息子であった。

その息子は『蔵前小町』の呼び声が高いおまきに夢中であった。人の良さそうな求婚者におまきも好感を抱いた。

晴れて縁組が調い、いざ結納という間際になって、あろうことか許婚が急死した。

許婚の死は悲しかったが、所詮、ほとんど顔も知らぬ他人である。やがておまきは立ち直り、次の縁組がまとまった。

ところが、花婿になるはずの若者がまたもや急死したのである。

このころから巷で心無い噂がささやかれるようになった。

蔵前小町は祟られている。

誰しも、金も美女も欲しいが命は惜しい。降るほどあった縁談はぱたりとやんだ。

時はすぎ、おまきはこの正月で二十三になった。誰に憚ることのない立派な嫁き遅れである。

心無い人々は陰でおまきをこう呼んだ。

蔵前嫁き遅れ小町。

第一話　形見草子《かたみそうし》

一

明け方からやんでいた驟雨《しゅうう》が、また激しく降りはじめた。

庭先で、女中のお亀が、やっと干し終えたばかりの洗濯物を悪態をつきながら取り込んでいる。短い手足が忙しく伸びたり縮んだり、どっしりと大きな尻が左右に動くさまは、まさしく亀のようである。

どんより曇った空を見上げて、おまきは不平をもらした。

「どうして雨なの。今日に限って」

「この雨のおかげで、作物が実るんでございますよ。ほうら、ご覧なさいまし。お庭の梅の実が、あんなにつやつやしてまんまるで、可愛いじゃございませんか」

お亀は平らな顔にかすかな笑みを浮かべた。すると、浅黒くつやのない頰に意外にも可憐なえくぼが出来る。

お亀は、もう二十年以上、伊勢屋に奉公している女中であった。

おまきの実母のあさひが亡くなったとき、おまきは二歳であった。そのころからお亀はつきっきりでおまきの世話を焼いている。後妻のおみちよりも長い付きあいである。

この二十年、なぜかお亀はちっとも変わらない。

若いころは娘らしい華やぎに欠けて、年より上に見られたものだが、それからずっと年をとらない。若くもないが年寄りでもなく、稀にえくぼを作る以外は愛嬌のない無表情である。お世辞にも美人とは言えないが、おまきはお亀の表情のない平らな顔を見ていると、なんとなく気持ちが落ち着くのである。

「梅の実もまんまるだけど、わたしの髪も、まるまっているわ」

合わせ鏡で襟足を見ながら、おまきは言った。

「まあ、お嬢様。亀がなんとかいたしましょう。火熨斗でもって……」

「もういい。何度やっても同じよ」

おまきは投げ出すように鏡を置いた。

おまきはくせ毛であった。

小さいころはまだ誤魔化しがきいたものだが、なぜか二十歳を過ぎて、くせがますますきつくなり、手に負えなくなってきた。伽羅油《きゃらゆ》をべったりつけて、ぎゅうぎゅう引っ張って結い上げても、しばらくすると髷《まげ》はゆるやかに波打ち、襟足や鬢《びん》に縮れた毛がこぼれ出る。

特に雨の日は最悪である。梅雨どきは髪のことを考えるだけで憂鬱で、いきおい外出も億劫になる。

「お嬢様は、非の打ち所のない御器量だというのに、お気の毒な」

お亀は、黒くて真っ直ぐな自分の髪を恥じ入るようにうつむいた。

「おまきちゃぁん、おとっつぁんが呼んでるよぉ」

乱暴に襖が開いて、妹のおあやが面倒くさそうに顔だけ出した。

おあやとそのすぐ上の宗太郎は、後妻のおみちの子である。そのせいか、おあやとおまきは似ていない。おまきは面長で目鼻立ちのややきつい美人だが、おあやは母親のおみちに似て、丸顔で丸い目の可愛らしい面立ちである。

十五歳のおあやは、このところ蔵前小町などと持ち上げられて満更でもない様子であった。

つい数年前までは、蔵前小町はおまきだったのに。

もっとも、外面《そとづら》のいいおあやは家の中では小町の面影は微塵もない。おみちに似て大ざっぱ。良く言えば大らか。なにをやるにもぞんざいである。

「んもう、おあやったら、あんたねえ、まがりなりにも姉にむかって、おまきちゃあん、だなんて、はしたない。おねえさま、とか言えないの？　お客様もいらしているのに……

ああもう、また腰ひも引きずって、みっともないったらないわ。ちょっといらっしゃい、直してあげるから……」

おあやは小さいころからずっと、姉様でもお姉ちゃんでもなく、おまきちゃん、と呼ぶのである。

「はいはい、おねえさま。あのね、おとっつぁんがね、早く来なさいって、おまきちゃん」

「……」

「じゃあね。わたし、忙しいの」

おあやはだるそうにきびすを返して、腰ひもを引きずりながら行ってしまった。またぞろ、おさらい会だなんだと口実を設けては、近所の娘たちと群れ集い、おしゃべりに花を咲かせるのだろう。

「お亀、お亀、もう行かなきゃ……ああ、もう仕方ないな、この縮れっ毛」

おまきは往生際悪く櫛で鬢を抑えつけた。寝乱れてだらしなかったおあやの、素直でまっすぐな後れ毛がうらやましい。

合わせ鏡で首をひねっていると、鏡の中にいきなり男の姿が映っておまきは仰天した。

「わっ……なんだ、丈二、あんた、なんでいるの」

近所に住む、やはり札差の息子で幼なじみの片倉屋丈二であった。

丈二はにやにやしながら、縁側に上がってきた。

さほど背の高いほうではないが、顔が小さく、均整の取れた体に流行りの紬《つむぎ》がよく似合う。顔立ちも悪くない。しかし、まあまあいい男で家が裕福なのを鼻にかけ、商売を覚えようともしないで遊び暮らしている根性がにやけた顔にあらわれていていただけない。おまきと同じ二十三にもなって道楽にうつつを抜かして、と片倉屋の主人はおまきの父親にいつもこぼしていた。

「よっ、まきのうみ」

「やめなさいよ、その呼び方」

近ごろ江戸では真木の海という力士の強さが評判であった。

「片倉屋の坊ちゃん、どうぞいらっしゃいまし」

「いらっしゃいじゃないわよ、お亀。丈二、あんた、図々しいわね、女の部屋に勝手に上がり込んで」

「だって、開けっ放しじゃねえか。雨宿りにちょいとね」

「あんたんち、すぐそこじゃないの」

「敷居が高くてね」

「ははん、朝帰りか」

まるで旦那かなにかのように、丈二は腰を下ろしてしまった。長すぎる羽織紐がいかにも嫌味ったらしい。

「おい、まきのうみ、おまえ、今日、見合いなんだってな」

「ふん」

「こないだの花見の見合いは、評判だったよなあ。相手の男を張り手で倒して、上手投げで川に投げ込んで、夜叉の如く呵呵大笑《かかたいしょう》したんだってな。そのあと、八艘跳《はっそうと》びまで披露したって？　さすが、まきのうみ」

「……」

噂に尾ひれがついている。

「ひひひ」

「なによ」

「その大立ち回りのすぐあとだってのに、まだおまえと見合いしようなんていう奇特な男がよくいたもんだ。祟りより、上手投げより、持参金に目がくらんだかな」

「うるさい」

「あーあ、可愛くねえなあ。おまえ、黙ってりゃ、小町なのに、口が悪いんだよ。ああ言えばこう言うってのが一番たちが悪い。若いときはまだましだったけど、年々、生意気に磨きがかかっているんだもの。しかも祟りつきとくりゃ、いくら持参金付きでも、まともな男は腰が引けるぜ」

「口が悪いのは、あんたのほうじゃないの。ああ言えばこう言う、って言うけど、こう言わせているのはあんたでしょ」

「俺のは、口が悪いんじゃねえ。洒落がきいてるんだ。しかも、おまえは理屈っぽいんだよ。まったく、可愛くない」

「あんたが馬鹿なのよ」

「こりゃ先が思いやられるな。今度も駄目だったら、俺がもらってやろうか。妾のひとりにしてやってもいいよ」

「誰があんたなんか」

「選べる立場か、ちぢれっけ。俺はなあ、そのうちに上方女郎を七百両で身請けしてやろうって、大通人《だいつうじん》だぜぇ」

今から二、三十年も前のこと。寛政の御改革で諸事倹約が奨励される以前、蔵前の札差はもっとも羽振りが良く、金をばらまき、華美を競ったと言われている。その筆頭に挙げられた十八人の通人が、俗に十八大通と呼ばれていた。今は昔の派手好みで、七百両で身請け云々というのも伝説の一つで、宝暦のころの話である。丈二は、札差が肩で風を切っていたそんな時代に憧れて、自分も通人を気取っているのであった。

「やかましい、あんた、時代遅れなのよ。この宝暦野郎」

丈二をいなして、おまきは立ち上がった。

「ほう、馬子にも衣装だ」

丈二が真面目な顔で目を丸くした。

「まあね」

おまきは、赤色に濃紫陽花《こあじさい》をあしらった色鮮やかな振袖をまとっていた。

赤がとてもよく似合う。

光る君にほめられてから、おまきは、ここぞというときは赤を着る。

あのひとが、似合うと言ってくれた色だから。

おまきは鏡台の横の文机に目を遣った。読み過ぎてすり切れた草紙が積んである。源氏物語。亡き母の形見の絵草子を、おまきが手づから書き写したものである。

おまきは書物を繰るのが好きである。おあやのように、娘同士で埒もないおしゃべりで時をつぶすより、ひとりで書物を読んでいるほうが、よほどいい。漢詩も読めば和歌も嗜《たしな》むが、源氏物語は何度読み返しても飽きない。

物語の中でも、外でも、光る君のような方はふたりといない。あの方に、もう一度、ひと目会えたなら……。

「頑張れよー、花婿、殺すなよー」

「あんたこそ、殺される前に出ていけっ」

「怖っ」

おまきは襖をぴしゃりと閉めた。

今日会う相手は料理屋の若旦那だという。橘屋友次郎、三十五歳。頼りがいのある男盛りだと聞かされた。宗助が、同業の札差仲間から持ちかけられた縁談であった。

本来ならば家同士で話を進めるところだが、そこは娘可愛さで、まずは本人同士が意気投合したならば、というのが宗助の親心であった。

改まった席ではない。先様が偶然訪れたところへ娘が茶など出す、という体《てい》を装い、顔合わせをする。万が一うまくいかなくても双方が傷つかずに済む。気楽ではあるが、おみちの持ってきた墨堤の掛茶屋見合いよりはよほどまともな話のようである。

若旦那は、去年、妻を亡くしたのだという。子供もまだなかったらしい。いわゆる後妻のくちだが、おまきの年ではそれも致し方ない。とにかく人柄がよく、浮気どころか女遊びひとつしたことがない真面目な男だと聞いている。

向こうは乗り気だそうだし、こちらだってそろそろ年貢の納めどきである。客商売のせいか家人はみな気さくらしい。余程のことがない限り、この話を進めてもいい。

増田屋の息子のひょうたん面を思い出すにつけ、自分の境遇が骨身にしみた。

良い縁談なんて、滅多にないのだ。

潮時かもね。

一抹の寂しさと共に、光る君の面影が遠くなる。

もしうまくいけば、わたしは料理屋を切り盛りすることになるんだろうか。意外と向いているかもしれない。女中や板さんたちに、おかみさん、なんて呼ばれたりして。

なにやらこそばゆく思いながら、おまきは茶の盆を携えて、しずしずと客間へ入った。

「おお、おまき。こちらは……」

父親の宗助の向こうに、おまきは友次郎の姿を捜した。

ところが、そこにいたのは老婆であった。

沢庵《たくあん》のような顔色をした、目鼻立ちのはっきりしない年配の女である。

「……橘屋さんの若旦那の友次郎さんと、御母上のおしんさんだ」

姑？

老婆、おしんの向こうに、やはり同じような顔色の、目鼻立ちのはっきりしない男が座っていた。

茶を供しながら、おまきは友次郎を盗み見た。

額が広い。髪が薄く、髷を結うのもやっとのようである。わずかに残った鬢にも白髪がちらほら見える。皺の多い顔に目鼻は埋もれていた。隣に座る母親と夫婦といっていいくらい老けている。

友次郎はうつむいていた。一方、おしんは、おまきの一挙手一投足から目を離さない。

おまきが頭を下げたとき、おしんが口を開いた。

「あらまあ、お嬢様、縮れ毛なんですねえ、犬の毛みたい。はっはっは」

開口一番、気にしていることを指摘され、おまきは絶句した。

おしんは、悪びれもせず、大口を開けて笑いながら続けた。

「町の衆が、伊勢屋のお嬢さんは祟りがどうとか噂するのも、案外、その縮れ毛のせいじゃございませんかねえ。いえ、きっとそうだわ。でもねえ、うちは、ちっとも気にしちゃいないんですよ。祟りも縮れっ毛も。本当にお気の毒に思っているんでございます」

気の毒、と言われて、おまきはかちんときた。沢庵親子に同情されることではない。

「でもねえ、もうちょっと、撫でつけるなり、なんなりしなきゃいけません。やはりね、物事は諦めちゃいけません。やれるだけのことはやらなきゃいけません」

諦めてはいない。やれるだけのことをやって、この縮れ毛なのである。

「ところで、体は丈夫なほうですかねえ、この娘さん」

「はい、おまきは風邪ひとつひいたことがございません」

「あらそう、丈夫じゃなきゃ、いくらきれいだって、役にたちゃしません。そうだね、友次郎」

「はい、おっかさん」

友次郎が初めて口をきいた。蚊の鳴くような声である。どんな声かもよくわからない。

「痩せているようだけど、ちゃんと食べているのかねえ」

「はい。この子は痩せの大食いというやつでして」

「左様でございますかぁ、まあ尻もしっかりしているようだし、結構です。そうだね、友次郎」

「はい、おっかさん」

おまきは次第に馬鹿らしくなってきた。

このひとは、なにをしにきたのだろう。

友次郎は従順に答える。まるで母親に答えることだけが、今日の自分の使命であるかのように。この姑も、なんだってこんなに傍若無人なんだろう。

なんだってわたしは、こんな男のために、朝から髪を結って、とっときの着物に袖を通したんだろう。

「うちは客商売だから、愛想がよくなきゃつとまりません。お嬢様、あなた、さっきから辛気臭い顔なさっていらっしゃいますが、ちょいと笑ってご覧なさいな、歯を見せて」

おまきは思わずつぶやいた。

「……笑いたきゃ笑います」

「は？」

「わたしが笑わないのは、不愉快だからでございます。先ほどから聞いていれば、尻がしっかりしているとか、挙句に笑って歯を見せろとか、馬を買うんじゃあるまいし。犬の毛みたいですって? そっちこそ、沢庵みたいじゃございませんか」

「たくあん?」

おまきは深々とお辞儀をした。そして、

「失礼します」

と言って、呆気にとられる沢庵親子を尻目に、さっさと客間から逃げ出した。


部屋に戻り、おまきは寝間にこもった。

「お亀」

「はい、お嬢様」

「なにかある?」

「はい、このようなこともあろうかと、鳥飼和泉のお饅頭をたんと用意してございます」

鳥飼和泉は名のある菓子屋で、そこの饅頭はおまきの大好物である。

「先日のお見合いに引き続き、またもやお饅頭がお入り用になるとは、お亀も残念でございます」

「いいから出して」

お亀は茶簞笥の奥から、蓋つきの菓子器を取り出した。

お亀の太い腕でもひと抱えある、ほとんど甕《かめ》のような菓子器である。蓋を取ると、白い大ぶりの饅頭が二十ばかり山積みになっていた。

「どうぞ、心ゆくまでお召し上がりくださいませ」

「ありがとう」

寝間の襖を固く閉め、錠を下ろして、誰も入ってこられないようにしてから、おまきはおもむろに、饅頭に手をかけた。

傍でお亀が大きめの湯呑に茶を淹れている。

こんなときは、食べずにはいられない。

嫌なことがあると、おまきは食べずにいられない。しかも、尋常な量ではとても足りない。細い体のどこに入るのか、と自分でも訝るくらいの大食いである。

おまきは饅頭をひとつ、口に入れた。するともう止まらない。二つが三つ、三つが四つ……瞬く間に菓子器が空になる。

こんな姿は身内の者にも見せられない。

「そのご様子では、また花婿さんがお気に召さなかったようでございますね」

「ほひいへふほ、へははひほ……」

「は？　なんでございますか？　それにつけても饅頭最高、と仰いましたか？」

口いっぱいの饅頭を呑み込んで、おまきはひと息ついて、あらためて口を開いた。

「お気に召すも、召さないも……」

「はあ」

「御本尊様はわたしを見もしないんだもの。もっぱら、姑のお相手をしていたわ」

「縁組となれば、御母上がいらっしゃるのは、道理ではございませんか。お嫁にいらっしゃるということは、お姑さんと縁組するようなものでございます」

「ねえ、お亀」

「はい、お嬢様」

「夫婦になるって、こんなことなのかしら。今日初めてお目にかかった友次郎さん、あの方を見ても、わたし、なんとも思わなかった。前のときは、もっと……」

十代のころに、急逝した許婚との縁組のときは、恋とまではいかなくとも、もう少しときめきがあった。

「こんなことで、この先ふたりで手を携えて、苦楽を共にできるのかしら。好きでもないひとと……」

「そんなものでございます。お武家様では皆、顔も見ずに祝言をなさいます。だいたい、夫婦ふたりきりで苦楽を共にするわけでもございません。御家と御家の祝言でございますから、お姑さんやお舅さんとも、一緒になられるのでございます」

おまきは怖気をふるった。

「なおさら御免こうむるわ。それにしても、おとっつぁんたら、なにもあんな年寄りを連れてこなくたって、もうちょっと若いのがいそうなものじゃないの。あれなら丈二のほうがまだましよ」

「花婿さんは、おいくつでらっしゃいますか」

「三十五だそうよ。もう立派なお爺さんね」

「左様でございますか」

「わたし、嫌になって出てきちまったの。きっと破談になるわね。そのほうがいい」

「まあ、お嬢様。またなにか余計なことを仰ったんじゃございませんでしょうね」

「思ったことを口に出しちまったわ」

「そういうときは、いくらお嬢様に道理があっても、せめて黙ってお暇するものですよ。捨て台詞なんて、はしたのうございます」

それが出来ない。おまきはつい口を滑らせる。

「わかってるけど、つい……ねえ、お亀、わたし、もう光る君のような方とは出会えないのかしら。このひとより他になし、そんなふうに思えるひと。もう一度、光る君にお会いできたなら……あの方となら、どんな苦労も厭わない。口も慎む。身ひとつでお嫁に行くわ」

するとお亀は、眉間に深刻そうな皺を寄せて言った。

「お言葉ですが、お嬢様の光る君様も、今ごろはちょうど、そのくらいの年回りではございませんか」

「年回りって……」

「光る君様も、ちょうど、三十五歳くらいにおなりかと」

おまきは、湯呑みを持つ手を止めた。

光る君と出会ったのが十六年前。おまきは七歳であった。一方、光る君は十七、八の美少年、ということは……。

三十五。

「いやあっ、そんなあっ」

「お嬢様、ひとは年をとるものでございます」

「だけどっ」

七歳のおまきが二十三歳になったのである。十八歳の光る君も三十五歳になって、なんの不思議もない。だけど、そんなこと思ってもみなかった。三十五歳の光る君……。

「ちょっと出かけてきます……」

おまきは悄然《しょうぜん》と立ち上がり、普段の黄八丈《きはちじょう》に着替えて部屋を出た。お亀が慌てて追いついて来る。

「どちらへお出ででしょう。お亀がお供をいたします」

「いいの、すぐそこまで行くだけ。ひとりにして」

「でも、お嬢様」

「遠くへは行きません。ひとりにして、ね」

客はもう帰ったようである。後生だから、ひとりにして、ね」


客はもう帰ったようである。客間には宗助だけがなにをするでもなく、つくねんと座って庭を眺めていた。

娘の欲目でもなく、宗助は隙のない美男であった。顔立ちも暮らしの在り様も、整いすぎているくらいである。

遊びがないのは、顔立ちも暮らしも同じで、道楽といってもこれといってない。日がな一日、渋い顔で帳場に座り、算盤をはじいたり帳面を繰ったりして、それで満足している。稀に札差の寄合に顔を出し、つきあいはするが、吉原に居続けなんて頼んでも出来ない性分である。

その端正な顔を振り向けて、何事もなかったかのように宗助が言った。

「雨はやんだようですね」

「おとっつぁん、堪忍してください。おとっつぁんに恥をかかせてしまって……」

宗助は薄く笑っておきを制した。

「おまえときたら、ひと言多いのがたまにきずだ。まあ、いいさ。そのうちに良い縁に恵まれる」

商売には厳しい宗助も、おまきら子供たちには甘いのである。おまきは小さくなって客間を辞した。

台所からおみちの朗らかな高笑いが聞こえてくる。今は顔を合わせたい気分ではない。

空は鉛色だが雨は上がっていた。

おまきは裏の枝折戸《しおりど》を開け、ぬかるんだ道を歩き出した。

垣根からたわわにこぼれる紫陽花の花が、雨のしずくをたたえて、まるで涙をこらえているようである。

おまきは御蔵前から浅草御門を過ぎて両国広小路へ向かった。梅雨の晴れ間に用を済ませようというのか、両国橋は急ぎ足の男や女でにぎわっていた。

川沿いに軒を連ねる料理屋の中でも、「蔵や」のひと際大きい行燈が見えた。そのはす向かいの、一本の太い柳の木の下で、おまきは足を止めた。

光る君と初めて出会った場所。

あの木霊のような美しいひとはもういないのだ。わたしはずっと、幻に恋をしていた。

霧のような雨が降り出した。さほど濡れはしないが、雨はおまきの髷を湿らせた。鬢や襟足、額にも、縮んで丸くなった髪の毛が落ちかかる。

ぼんやりと雨滴の群れを見つめていると、ふと目の前が暗くなった。誰かが傘を差し掛けてくれていた。

おまきはつい、咎めるような目で傘の主を見上げた。

若い男であった。おまきと同じくらいか、ことによるとそれより若いかもしれない。男はおまきと目が合うと、たじろいだ。

「よ、余計なことをしました。濡れていらっしゃるのがお気の毒でつい……」

口ごもり目を伏せた男の目鼻立ちは、夏の青空のように清々しかった。頰のあたりはふっくらと、少年の面影を残している。

遠慮がちに傘を差し掛けた手が震えている。光る君の力強さからはほど遠いが、男の気取らない心遣いは、萎れた花に水をやったときのように、おまきの心をしっとりと潤わせた。

「いいえ、こちらこそ、みっともないところを」

おまきは急に、自分のくせ毛が恥ずかしくなった。

おまきが鬢の毛に指をあてると、男は微笑んで言った。

「巻き毛なんですね」

「巻き毛？」

「あ、いや、素敵だなと思って……」

おまきは耳を疑った。

丈二からは、ちぢれっけ、と馬鹿にされ、見合いの席では犬の毛みたいだとさえ貶められたくせ毛を、男は巻き毛と呼び、素敵だとほめたのだ。

「いえ、そんな、こんなにくるくる巻き上がってしまって、まるで獣の毛みたいで」

しどもどするおまきに、男は毅然と首を横に振った。

「ひどいことを言うひとがいるものです。たとえば、西洋の御婦人はみな、美しい巻き毛に憧れていると聞きます。西洋の天使……天人は、金色の巻き毛です。神々しく美しい絵を見たことがあります」

「まあ、西洋の天人が……」

「はい。巻き毛の女人は、誠に可憐で美しゅうございます」

おまきの胸の奥が、引き絞られるようにきゅんと痛んだ。

「……失礼ながら、あなた様は、なにゆえそのようなことをご存じなのですか」

「申し遅れました。篠田順庵と申します。医者の修行中です。蘭方医のところで、そのような書物を目にしたことがございましたので」

順庵は、急にそわそわし出すと、おまきに傘を押しつけて言った。

「どうぞ、お使いください。お返しくださるには及びません。わたしは、すぐそこなので。失礼します」

男はぬかるみをものともせず、泥を蹴散らし、あっという間に駆けていった。

おまきの手の中で、蛇の目の持ち手が熱くなった。

つい今しがたまでの沈んだ気持ちが嘘のように、おまきの心は浮き立っていた。

篠田順庵様……。

おまきは男の姿が見えないかと雨の向こうに目を凝らした。

雨は次第に激しくなってきたのに、なぜだか急に、目の前が開けたような気がした。


「それでね、お亀、その方が仰るには、西洋の女性は巻き毛に憧れているそうよ」

「まきげ、でございますか」

家に帰るなり、まくしたてるおまきを、お亀は怪訝そうに見返した。

「ちぢれっけなんて、失礼な話よ。巻き毛よ、巻き毛」

「はあ、左様でございますか」

「それでね、西洋の天人は金色の巻き毛なんだそうよ。神々しくって美しいって、その方が仰っていたわ」

「それはようございました」

「それでね、お亀。『巻き毛の女人は、誠に可憐で美しゅうございます』ですって。もう、恥ずかしい」

「……お嬢様、お饅頭がございますが」

「食べたくないの。胸がいっぱいで」

うまそうな白い饅頭を見ても、おまきは手が出なかった。まるで、喉の奥まで、湧き立った興奮が詰まっているようである。

「ねえ、お亀、どうしよう」

「どうしよう、と仰いますと？」

おまきは縁側に立てかけた蛇の目の傘を見た。

おまきと順庵をつなぐ傘。

「お返ししたほうがいいわよねえ」

「でも、お嬢様、その殿方は返すには及ばないと……」

「お返ししなきゃ！」

「いや、でも……」

「絶対にお返ししなきゃ！　失礼にあたるわ。ねぇ、お亀」

「……お返しなさりたいのでしょう、お嬢様が」

無表情なお亀の頬に、小さなえくぼが浮かんだ。

「こんな気持ち、久しぶり。もう一度、あの方にお会いしたい」

順庵は光る君とは違う。素性がわかっているから、会おうと思えば会えるのである。

「ねえ、お亀」

「かしこまりました。お嬢様のお気のすむよう、お亀がなんとかいたします」

無表情なお亀の顔が、いつもより更に頼もしく見えた。

二

薬研堀《やげんぼり》の蔵やは、宗助がよく使う料理屋である。

使いで出入りするうちに、お亀は蔵やの女中であるおみつと、特に親しくなっていた。

「おみつに聞けば、この界隈のことは大抵知れましょう」

界隈きっての情報通だというおみつに、順庵のことを問い合わせたところ、すぐに素性が知れた。

「ああ、あの若いお医者ですね。まだ子供みたいな顔した」

「ご存じですか」

おまきはがぜん勢いづいた。

「まだ二十歳前でしょうかねえ。大層な秀才らしゅうございます。玄庵先生が、いたくお気に入りで、どこへ行くにも供をさせるってんで、ちょいと若い娘に騒がれていましたよ」

「玄庵先生、あの町医者の……」

「ええ、町医者といっても、御大名からも声のかかる偉いお医者様ですからねえ。弟子入りするだけでも至難の業ですよ。蘭方もなさるとかで、外科の腕もいいんですよ。まあ、それでも、近ごろはずいぶんと耄碌《もうろく》しちまいましたけど」

年下か。しかし、秀才の上に後ろ盾があるとなれば、前途洋々である。そう言われれば、わずかな邂逅にも知性が垣間見られたではないか。

おまきはますます気が惹かれた。

「では、順庵さんは、そちらに」

「それがねえ、つい最近、飛び出しちまったんですよ、お医者の家を」

「飛び出した？ いったいまたどうして」

「それはその……」

おみつは、お亀の顔色をうかがいながら、言葉をにごした。

「気になるじゃないの。なにかあったの。同輩にいじめられたとか」

「お嬢様にこんなこと申し上げるのは気が引けるんでございますけどね……」

「なんなの」

「……玄庵先生に言い寄られたんでございますよ」

おみつは鼻の穴を広げて、笑いだした。

「ぶっ、ははは。あの爺様が、順庵さんに、あはは、まさか、違いますよ」

「じゃ、誰に」

「娘さんですよ、玄庵先生のお嬢さん……と申し上げましても、年取った娘さんです。順庵さんより十も年上で、薹《とう》のたった嫁き遅れ。患者が、偶然その場を見たんだそうです。いい歳をして、若い男に言い寄るなんて、みんな呆れています」

薹《とう》のたった嫁き遅れとは、他人事《ひとごと》ではないが、おまきは、そこまで年かさではない。

「年増女に言い寄られて、同じ屋根の下に居たんじゃ、辛抱できなかったんでしょうねえ。可哀想に、順庵さん、今は住吉町の孫兵衛店《まごべえだな》で長屋暮らしをなさっています。この先、どうなさるのか。でも、あれだけの秀才ですから、きっとすぐに、落ち着き先が決まりますでしょう。なんたって、蘭学の素養があるんですから」

蘭学のらの字も知らなそうなおみつであるが、しきりに順庵の肩を持つ。

蔵やを出ると、おまきは足を速めた。

「孫兵衛店だったわね」

「お嬢様、お待ちください」

お亀がなだめるように言った。

「蘭方は、重宝もされますが、一歩間違うと、お咎めを受けます。関わり合いになって、もしお嬢様にまでとばっちりがきたらと思うと、亀は心配でございます」

「蘭方だなんて、頼もしいじゃない。そういう方だからこそ、わたしの巻き毛をほめてくださったのよ」

沢庵みたいなおしんといい、宝暦男の丈二といい、くせ毛を嘲るなど、要は古いのである。因襲に囚われて、物事が見えていない。それに引き換え、順庵は、まっすぐにおまきを見てくれた。

「あの方こそ、待ち望んでいたひとかもしれない」

縁組は家と家との結びつき。それに違いはなけれども、夫婦は男と女ではないか。心惹かれる方に添いたい、古《いにしえ》の姫君のような恋をして、その方のためにこそ尽くしたい。そう思うのは間違いだろうか。

順庵と初めて出会ったときの、雲に乗るような晴れ晴れとした高揚感を、おまきは信じたかった。

「でも、お嬢様、なにがあったにせよ、世話になった先生のお宅をぷいとおん出てしまうなんて、辛抱が足りないんじゃございませんか。そんなのは大成しませんよ。まったく、近ごろの若い者は……」

「おみつの話を聞いていたでしょう。順庵様を口説いたとかいう、その年増女が悪いんじゃない。自分から若い男に言い寄るなんて、まるで源典侍《げんのないしのすけ》ね。おお嫌だ」

源氏物語に出てくる源典侍は、年増の女房のくせに光源氏に言い寄るのである。

「だいたい、男が女に言い寄られて逃げ出すなんて、情けのうございます」

「世の乱れってやつね。近ごろは、そんなこともあるのよ」

「それにしたって……お嬢様、旦那様にご相談なさいまし」

四角四面な宗助の顔が浮かんで、おまきはかぶりを振った。

「おとっつぁんは優しいけど、所詮、惚れた腫れたには無縁だもの。わたしの気持ちなんかわかりゃしないわ。もし、順庵様と夫婦約束でもしたそのときは、打ち明けます」

「そんな、お嬢様、それでは、亀が叱られます……」

「とにかく今は、傘を返しに行くだけよ。お亀が嫌だと言うなら、ひとりで行くわ」

「いけません。若い娘がひとり暮らしの男の家をお供もなしで訪ねるなど、ふしだらな」

「だから、ついてきて、ねえ、お亀」

「……傘をお返しするだけでございますよ」

おまきは、まだぐずぐず言っているお亀を伴って、孫兵衛店を訪ねた。

順庵は家に居た。

机に向かっていたようである。墨で汚れた手をこすり合わせて、不思議そうな顔をしていたが、

「ああ、あの巻き毛の……」

と、おまきに気がつくと、少女のように恥じらって、ふっくらした頬を赤らめた。

「先日はお嬢様が誠にお世話になりました。これはつまらないものでございますが、お礼のしるしでございます。お納めくださいませ」

蛇の目と共にお亀が差し出す菓子折りを見て、順庵の目が輝いた。

「鳥飼和泉の饅頭、お礼だなんて、このような大層なお品をいただくほどのことはしていないのに……」

「お饅頭はお嫌いでしたか」

「いいえ、大好きです」

順庵は即答した。目は饅頭に吸い寄せられている。

「では、ようございました。お納めくださいませ」

「ありがとうございます。お茶を淹れます。お茶だけはいいものがございますので、汚いところですが、どうぞ」

「折角ではございますが、こちらで失礼……」

「あーら、まーあ！　ではお言葉に甘えましてぇ、失礼しまーすっ」

辞するつもりで口を開きかけたお亀を制して、おまきはいそいそと履物を脱いだ。

長屋の中は、足を踏み入れるのが申し訳ないほどきちんと片付いていた。鍋釜の類いまで、几帳面に揃えられ、塵ひとつ落ちていない。手早く差し出された茶椀を見ても、清潔な暮らしぶりが見て取れた。

唯一書き物机の上だけが、紙や書物で雑然としている。

「見苦しくて申し訳ありません」

順庵は恥ずかしそうに開きっぱなしだった草紙を閉じた。見るともなく表紙を見て、おまきはつい声を上げた。

「源氏物語ですか。てっきり医術の御本かと思いました」

「ほんの手すさびでございます」

順庵は、源氏物語の須磨の段を書き写していたのである。

「源氏はわたしも読みます。須磨《すま》は哀しい別れの段でございますね」

おまきがそう言うと、順庵は飛びつくように答えた。

「源氏と紫の上が、鏡を見ながら別れを惜しむ場面には心を打たれます。歌もいい。身はかくてさすらえぬとも君があたり去らぬ鏡の影は離れじ」

順庵が光源氏の歌を口ずさめば、おまきは
「別れても影だにとまるものならば鏡を見ても慰めてまし」

と紫の上の歌で答えた。

墨の匂いの中で順庵と語り合っていると、おまきの気持ちは穏やかであった。古びていて狭いのに、順庵の長屋は実に居心地が良かった。

「お嬢様、お邪魔でございます。お暇致しましょう」

お亀にせっつかれ、追い立てられるようにして、おまきはようやく腰を上げた。

「このようなむさくるしいところまでお運びいただいて、恐縮です」

折り目正しく頭を下げる順庵と別れて、しばらく行ってから振り返ると、開け放した戸の向こうに、机に向かう順庵の姿があった。

「ご熱心だわ」

うつむき加減のうなじのあたりが、初々しい。

お亀もうなずいた。

「暮らしぶりも乱れたところがございません。書物を書き写して、売って生計《たつき》の足しにでもするのでしょうかねえ」

おまきは、順庵の手や袖についた墨の跡が、にわかに痛々しく思えた。

三

梅雨の晴れ間を選んで、おまきは孫兵衛店へ向かった。

「そりゃ順庵様はお気の毒でしょうが、こう足しげく通っては、ひとの噂になりますでしょう」

今日もまた、鳥飼和泉の饅頭を携えて、お亀は不服そうである。

「だから、こうして頭巾をかぶっているじゃないの」

「お嬢様が頭巾でお顔を隠しても、供の亀は丸出しでございますから、わかる方にはおわかりになります」

「ああ、そうね」

蒸れる頭巾の下で汗を浮かべながら、おまきは憮然とした。

でも、会いたくてたまらない。

別れた瞬間から、恋しさで辛抱ができなかった。会わずにいると、順庵が消えてなくなってしまいそうで不安であった。

あの光る君のように。

おまきは、台所からくすねてきた煮物と握り飯の包みを抱いていた。ひとり暮らしは不自由だろうと、差し入れするのが、こうして足を運ぶ口実である。

「お嬢様、本当に順庵さんがお好きなのですか」

「お亀ったら、なにが言いたいの」

「あの方は、なんだかまだ頼りなくって、亀は心配でございます。お饅頭に大喜びしているんじゃ、七つや八つの手習い子と変わりありませんよ」

確かに順庵は幼いところがある。おまきと居ても意味ありげな秋波を送ってくることもなく、文をよこしたこともない。

「そこが可愛いんじゃないの。それに、源氏物語を理解できるのだから、案外男女の機微はわきまえているんじゃないの。おくゆかしいのよ、きっと」

巻き毛の女人は、誠に可憐で美しゅうございます……。

順庵は、はにかみながらおまきにそう言った。傘を差し掛けてくれた。出会いはなかなか趣き深いものであった。今日もおまきは、襟足にわざと巻き毛の後れ毛を落としている。

「わたしが順庵様をお育てするの。光源氏が紫の上を育てたように」

「まあ、お嬢様。恋は盲目とはよく言ったものでございますねえ」

「医学の道は茨《いばら》の道よ。でも、順庵様なら、きっと立派なお医者になれる。あの方をわたしが支えて差し上げるのよ」

お亀は半ば呆れたようであった。

いつものように長屋で差し向かいになったが、今日の順庵はどこか沈んでいた。饅頭にも手を伸ばさない。

「どうなさったの。具合でもよくないの」

「いいえ、どこも悪くはございませんが……」

順庵はためらいがちに打ち明けた。

「実は、おまき殿、折り入ってお願いしたい儀がございます。このようなことは、おまき殿にしか……」

つぶらな瞳ですがるように見つめられ、おまきは体の奥から、愉悦がふつふつと湧いてくるのを感じた。

この方のために何かして差し上げたい。どのような苦労も厭わない。

「なんなりと仰ってくださいまし」

「これを……届けてはいただけますまいか。吉田玄庵先生のお宅の……お久殿へ」

順庵が薄い風呂敷包みを滑らせた。

「お久様、ですか」

「はい。玄庵先生の……娘御の」

順庵に言い寄ったという年増の女ではないか。

順庵は、消え入るような声で続けた。

「わたしは、その、自分で届けられない事情がございまして、かと言って、仲間にはどうも頼みづらく……」

無理もない。恩師の娘とはいえ、その女に近づきたくもないはずである。しかし、長く世話になった家でもある。どうしても必要なやりとりもあるだろう、とおまきは察した。

「承知しました。順庵様。まきがお届けしますから、ご心配には及びません」

「誠に申し訳ない……」

まるで自分がなにか悪いことでもしたかのように、すっかり萎れる順庵が、おまきはいじらしくてたまらなくなった。

「お安い御用でございます。がってん承知の介《すけ》でございますっ」

おまきがおどけてそう言うと、深刻そうにしかめられた順庵の顔が、たちまち笑み崩れた。なぜかお亀は険しい顔で順庵とおまきを見比べていた。順庵はいつまでも笑いやまない。

「あははは滑稽なことを……」

「順庵様、ご心配なく。まきにお任せあれ。さあ、お饅頭をお召し上がりくださいませ」

「はい」

順庵は素直に饅頭に手を伸ばした。

早速、預かった風呂敷包みを携えて、おまきは吉田玄庵の居宅へ向かった。

「お可哀想に、怖くてご自分ではいらっしゃれないのね」

「それにしても、お嬢様、いくら順庵様を元気づけようとなさったからといって、がってん承知の介はないでしょう。目明《めあか》しじゃあるまいし」

「でも、笑ってくだすったわ」

「笑われたのでございますよ。太鼓持ちじゃあるまいし。百年の恋も冷めましょう」

「笑いは憂いも色気も吹き飛ばすのでございますよ。恋しい殿御を笑わせてはなりませぬ。もそっと、穏やかにお慰め申しあげなくては」

「えっ、そんな」

「そんなものかしら」

「尽くし過ぎてもいけません。男はすぐに付けあがって、女をいいように使います。男のおつむは単純に出来ておりますからね。母親か姉かなにかと間違えるのでございましょう」

「そうなの？」

「安心させては負けでございます。お気をつけなさいまし」

「知らなかったわ。肝に銘じましょう」

おまきは、お亀の説教に、さもありなん、とうなずいた。伊勢屋に奉公して二十数年、恋に縁などないはずのお亀に、恋指南されるとは思わなかった。

医者の家で、訪いをしようとすると、奥から尋常でない悲鳴が聞こえてきた。

「なにかしら」

「お嬢様、お待ちください。亀が見て参ります」

お亀に続いて、開け放した座敷の様子を目にして、おまきは仰天した。

髪を乱して泣きわめく女が、半裸で横たわっている。女の腹の上に、頭巾をかぶって目だけを出した大柄な男が馬乗りになっていた。四方から若い男たちが、暴れる女の手足を抑えつけている。

「昼日中に乱暴狼藉……」

気を失いかけたおまきの体をしっかりと支えてお亀が言った。

「いいえ、お嬢様。よくご覧なさいまし」

頭巾の男の手には妙に光る小刀が握られていた。男はその小刀を、女の顎に盛り上がっている拳大の腫れ物に当てている。

「療治でございますよ、腫れ物の膿を出しているのでございます」

やがて女の悲鳴がやんだ。手足を抑えていた若い男たちが、傷口に薬や晒《さらし》を当てている。

頭巾の男は女の腹から降りて、中庭に立ちすくむおまきたちに気づいた。

「いかがなされました。どこかお悪いのですか」

頭巾の奥から聞こえてきたのは、意外にも、柔らかな女の声であった。

「お届け物でございます。お久様に」

「久はわたしでございます」

頭巾がはらりと外されて、浅黒い顔があらわになった。

眉が濃く、大きな二重瞼の目は眼光炯々《けいけい》として、射すくめられるようである。体も大きく、腕も太い。額に大粒の汗が浮いていた。野良仕事でもするかのように、髪をすっぽり手拭いで覆い、隠居が着そうな浅葱《あさぎ》の十徳を羽織っているので、色気もそっけもない。一見して、男か女かもわからない。

まるで、女武芸者ではないか。

これに口説かれてはたまらないだろう、とおまきはあらためて、順庵を気の毒に思った。

「お上がりください。見苦しい恰好で失礼しました。患部に唾や汗がかからぬように、傷口を扱う療治の際は頭巾を用いることにしておりますので」

おまきたちは薬研の置かれた薬臭い部屋に通された。

「お久様が療治をなさるのですか。失礼ながら、玄庵先生は……」

おまきが訊くと、

「父は患家《かんか》を回っております。主に商家やお武家様から駕籠《かご》が遣わされますので。わたしは、ここで町屋の衆の療治を致します。子供の吐き下しから、年寄りの腰の痛みまで、町屋のなんでも医者です」

言葉つきもさばさばと、お久は男のように答えた。そうしている間にも、弟子らしい若い男が指示を仰ぎに来たり、病人が薬を貰って深々と頭を下げていくのであった。お久は、ひとりひとりの病人に慈母のような微笑みで接し、優しい言葉をかけてやった。

よく見れば、お久の顔立ちは悪くない、もう三十に近いはずだが、浅黒い肌はきめが細かく滑らかである。どこか異国のひとを思わせるような一見不愛想な彫の深さが、微笑むと女らしく、華やかさがこぼれ出るように表情が一転するのが、変わり絵を見るように鮮やかであった。

「失礼いたしました。若い弟子ばかりで、まだ病人を任せることも出来ませんから。さて、どちらからの届け物でござりましょうか」

「篠田順庵様より、お久様へ……」

順庵の名を耳にしたとたん、お久の浅黒い顔が、耳まで真っ赤になった。

「順……篠田様からでございますか」

「はい。こちらをお渡しするようにと」

お久は、お亀が風呂敷包みを解くや否や、中の草紙を奪うように手に取った。

源氏物語？

医術の書物かと思われたものは、意外にも、過日、順庵が須磨を書き写していた草紙であった。

「ああ……」

吐息のような声をもらして、お久は、しばらく無言で墨の跡を見つめていた。

「お久様……」

おまきの声で、お久は我に返ったようであった。息をするのも忘れていたのだろうか。

大きく肩を上下して、目には涙が浮かんでいる。先ほどまでの自信にあふれた男っぽい所作とは一変して、お久はその手で草紙を慈しむように撫でた。

「ご足労様でございました。ところで、あなた様は」

お久は、涙のせいで心持ち和らいだ眼差しを、怪訝そうにおまきに注いだ。

「まきと申します。蔵前伊勢屋の娘でございます。篠田様にはご親切にしていただいたご縁で、こうしてお届け物をお預かりいたしました」

「左様でございますか。お嬢様……」

お久は、何事か察したように小さくうなずくと、立っていって、違い棚から別の草紙を手に取った。そして、薄紫の風呂敷で包むと、おまきのひざ前に押し出した。

「では、お手数ではございますが、これを篠田様にお届けくださいますか」

「はい、よろしゅうございますが」

「わたしが届けられない事情がございまして、かといって、弟子に頼むこともできないのでございます。お手を煩わせて申し訳ございません」

どこかで聞いたようなことを言う、と思いながら、おまきは快くうなずいた。

「承知しました」

「ありがとうございます。あの、お嬢様」

「はい」

「失礼ですが、お嬢様は順庵様の許婚かなにかでいらっしゃいますか」

「い、いいえ、そんなこと、まだ、そんな」

大慌てで笑ったり顔をしかめたりするおまきを見て、お久は微笑んだ。

「お似合いですわ。あなたのような可愛らしいお嬢様ならきっと……」

「いえ、ほんとに、そんな、わたしなど、嫁き遅れの年増で、もう」

「年増なら、わたしのほうがずっと年増でございます。順庵様よりも、十も上なんですよ。お恥ずかしい限りです」

「ああ、そんなつもりで申したわけでは……」

「わたしがお頼み申し上げる筋合いでもございませんが、なにとぞ、篠田様のことを宜しくお願いいたします、どうか、なにとぞなにとぞ」

お久は居住まいを正して、髪を覆っていた手拭いを取り去った。大きな瞳が涙で潤んで揺れている。まるで、息子を託す母親のような必死の形相で、お久はおまきとお亀にひれ伏した。

お久の髷は乱れていた。鬢や首筋にこぼれかかる後れ毛は、見事なほどにくせのきつい、しかし、美しい巻き毛であった。

「お嬢様を飛脚代わりにするなんて、なんでしょう、あの女医者」

順庵へ、と渡されたのは、やはり一冊の草紙。同じく、源氏物語を書き写したものであった。

「ともあれ、ずいぶんとしおらしゅうございましたね」

「年のことを、ずいぶん気にしていらっしゃったわ」

「それにしても、同じようなものを遣ったり取ったり、いったいどういうつもりでございましょうね」

しかし、おまきが気になっていたのは、預かった草紙のことばかりではなかった。

「お久さんて、しっかりした方のようにお見受けしたわ」

「左様でございますね。お弟子や病人からも頼りにされていらっしゃるようで、若い男に言い寄るような不埒な方とは思えません」

「順庵様のことを、とても心配なさっていたわ」

「なんとも解せませんねえ」

なんとなく、割り切れない思いを抱いて、おまきは再び、順庵を訪ねた。

お久から託された草紙を見て、順庵もまた、目を真っ赤にして涙を堪えていた。

おまきは、とうとう我慢できなくなって、順庵を問いただした。

「順庵様、お久様も泣いておられました。あの方が、順庵様に不埒な真似を仕掛けたという噂も信じられませぬ。出過ぎた真似と存じますが、事情をお聞かせ下さいませんか。いったいこの草紙はなんでございましょうか」

順庵は、まるで、そこにおまきが居ることに初めて気づいたかのように、しばし目をみはっていたが、やがて観念したように告げた。

「あなたも、その噂をご存じでしたか……おまき殿は、気さくでお優しくて、まるで姉のような気がしてしまって、つい、甘えてお手を煩わせてしまいました。堪忍してください」

姉のよう……。

おまきのとなりで、お亀が、ほら言わんこっちゃない、とつぶやいた。

「わたしは、じきに江戸を離れます。上方へ参ろうかと存じます」

「……」

驚きで、おまきはしばし、口がきけなかった。

「上方へ。お医者の学問はどうなさいます」

「学問はどこでもできます。ちょうど、大坂の知人が、良い先生がいらっしゃるから来ないかと誘ってくれたのでございます」

「まあ、なんと急なことで……」

順庵がいなくなる。もうこうして訪ねることも出来ない。おまきは、帰る場所を失ったみなし子のようなあてどない気持ちに襲われた。

「前々から決まっていたことなのです。じきに発たねばならないと思いながら、つい、こうしてずるずると……未練でしょう」

自嘲するようにつぶやく順庵の視線の先にあるのは、おまきではなく、お久の草紙であった。

順庵様の未練の源は、わたしではないのだわ。

おまきは、ひりつくような痛みと共に気がついた。

お久の首筋にこぼれた美しい巻き毛が、おまきの脳裏に蘇った。

巻き毛の女人は、誠に可憐で美しゅうございます……。

あれは、お久のことを言っていたのだ。世間の噂はどうあれ、十も年の違う順庵とお久は、思いあっていたのである。

しかし、ならばなぜ、順庵は医者の家を出たのだろうか。

「順庵様、お医者の修行ならば、なにゆえ玄庵先生の元にとどまられませぬか」

順庵は気弱げにうなだれた。

「わたしは邪魔者なのです」

「邪魔者だなんて」

「お察しの通り、お久殿とわたしは、思いあっております」

おまきの胸が、ちくりと痛んだ。

「お久殿は、女人ながら、知識も技量も十分にあり、患家からの信頼も厚い一人前のお医者でいらっしゃいます。わたしは、尊敬し、感化を受け、教えを受けるうちに、あのひとを愛するようになりました。あのような素晴らしいひとは他にはいません。強く賢くてそして美しい。わたしの一途な思いが通じたのでしょう。あのひともわたしを憎からず思うようになってくれました」

おまきは、順庵の身を案じていたお久の必死の目の色を思い出した。

「ところが、あるとき、ふたりで語らっているところを、薬を取りに来た病人に見られてしまって、誤解を受け、心無い噂を立てられました。あのひとは、わたしに傷がついてはいけないと、不名誉な噂を敢えて正そうともせず、もうふたりきりで会うのはよそうと言いました。わたしは、素知らぬ顔であのひとの側にいることがいたたまれず、長屋住まいとなりました」

お久は、順庵の名誉のために、自分の名誉を犠牲にしたのである。女ながらあっぱれ、とおまきは感じ入った。

「あのひとが男なら、間違いなく吉田家を継いでいたことでしょう。しかし、女人の身では、いくら優秀でも、婿を取るよりほかありません。従兄にあたる医者が婿に入ることに決まっているのです。一方、わたしは、まだ駆け出しの見習い、しかも年下で、頼りないことこの上ない。いくら思っても、わたしはあのひとには不釣合いなのです。わたしが傍にいては、あのひとの幸せの邪魔になります。ですから、江戸を去る決心をいたしました」

「左様でございましたか」

おまきは、胸いっぱいに膨らんでいた恋心が、次第に萎んでいくのを感じていた。

順庵様は、お久様を好いていらっしゃる。おまきのことなど、目に入らないくらいに。

一抹の寂しさに襲われても、不思議と妬みは覚えなかった。それよりも、好きあいながら別れようとしている一途なふたりが哀れであった。

「お久殿もわたしも、つれづれに書物を繰るのを楽しみとしておりました。医術を離れて、雅の世界に遊ぶのも楽しくて。ですから、別れに際して、源氏の須磨を書き写しあおうと、そう決めたのです。お互いの形見として……」

順庵とお久が取り交わしたのは、形見の草紙であったのか。

「あのひとと初めて会ったとき、一瞬、時が止まったような気がしました。今も、あのひとを思うとき、時が止まるように思えます。離れていても、わたしはあのひとと共にあるのです」

「お嬢様、とんだダシにされましたねえ」

「……」

「頼りない順庵様など、早うお忘れなさいませ」

「わたしはもういいの」

お亀が、いつもの無表情で、眉だけぴくりと動かした。少々驚いたのである。

「よろしいのでございますか」

「ええ。もういいの。それよりも、あのおふたりが不憫でならないわ」

「他人の恋路の心配など、なさっている場合ではございませんよ」

「でも、お可哀想だわ。お久様はご自分のお年に、順庵様はご自分の技量のつたなさに、引け目を感じている。お互いを思い遣るあまりに、別れようとなさっているのよ。ねえ、お亀。あんなに思いあっているのに、別れなくてはならないなんて」

「世の中、そんなものでございますよ。過ぎてしまえばよい思い出になることもございます……しかしねぇ」

「なあに、お亀」

「出会ったとき、時が止まったような気がした、だなんて、そうそうあることじゃございませんよ。このひとより他になし、と思えただなんて、きっと、浅からぬご縁に違いありません」

おまきは、自分が光る君と出会ったときのことを思い出した。

おまきはまだ子供で、光る君は輝くような少年で、あの恋は幻のようであった。けれど、おまきは覚えている。あのとき確かに時が止まった。光る君の姿が、声が、ぬくもりが、間断なく流れているはずの時を止めたのである。

一瞬のようで、永遠のようであった邂逅。

永遠の恋とは、永遠に続く恋などではなく、一瞬の中に永遠を閉じ込めるほどの恋なのだ、と今になって、おまきは思う。

光る君が、たとえ三十五歳になろうと、五十三歳になろうと、あの日、止まった時は変わらない。

「お亀、戻ります」

「お家へでございましょう」

「いいえ。孫兵衛店！」

おまきはお亀が遅れるのもかまわず、今きた道を取って返し、順庵に詰め寄った。

「おまき殿、どうなさい……」

「手放してはいけません！」

「は、いったい、なんのことを……」

「順庵様は、お久様のことを、あのような素晴らしいひとは他にはいない、と仰ったではありませんか。本物の恋は、そうそう転がってはおりません。お久様を手放したら、もう二度と会えなくなったら、きっと後悔なさいます」

「でも、あのひとは、わたしに、もうふたりきりで会うのはよそうと仰って……」

「ええい、もう、なぜわからないのですか。十も年上の女が、若い男に引け目を感じて身を引こうとしているのですよ。年など関係ないと、俺についてこいと、なぜ言って差しあげないのです」

「しかし……」

「しかしも案山子《かかし》もございません！」

おまきは、届けたばかりのお久の草紙を取り上げると、その場でびりびりと破り捨てた。

「な、なんということを……」

蒼白になる順庵の鼻先に、見るも無残な草紙の残骸を突きつけ、おまきは言った。

「順庵様、男らしくなさいませ。形見は形見でしかございません。手を伸ばせば、そこに生身のお久様がいらっしゃるのに、あなたは、形見の草紙のほうが良いと仰るのですか」

声を荒らげて佇むおまきを、順庵は、暫しの間、呆気にとられて見つめていた。

順庵は、おもむろに立ち上がると、下駄を突っかけた。

「どちらへ」

「上方へ行きます」

「ああ上方ね……って、ええっ？　今から？」

「お久殿を連れて行きます。嫌だと言われたら、さらってでも連れて行きます」

「あ、いや、そこまではなさらないほうが……」

「おまき殿のおかげで、目の前が開けたような気がいたします。これから行って、お久殿に、あなたより他に愛するひとはいない、そう伝えます。わたしは、あのひとと共に生きていきたい、形見ではなく」

「順庵様」

「おまき殿、ありがとうございます。では、御免」

順庵はぬかるみをものともせず泥を蹴散らし、あっという間に駆けていった。おまきと出会った、あの雨の日のように。

「お嬢様は、誠に男らしゅうございました」

「……嬉しくないわね」

「あんなこと仰ってよろしかったのですか」

「いいの。わたしは」

「どうなるでしょうねえ。あのおふたりは」

「どうにかなるでしょ。どちらにしても、悔いは残らないでしょう」

思いを伝えあったなら、たとえ別れても悔いはない。きっと。

「ねえ、お亀」

「はい」

「鳥飼和泉のお饅頭を買って帰りましょう」

「お求めにならなくても、もうたんとご用意してございます。三十個ばかり」

「足りるかしら」

「それくらいになさいませ」

両国広小路へ通りかかると、蔵やの行燈が見えてきた。そのはす向かいの太い柳の木の下で、おまきはしばし、足を止めた。

光る君と出会った場所、そして、順庵様と出会った場所。

本当のことを言えば、初めて順庵様にお会いしたとき、わたしも、ほんの一瞬、時が止まった。光る君のときほどじゃないけれど。

これも恋だったのかな。

おまきの胸が、きゅんと痛んだ。

第二話　夏《なつ》一夜《ひとよ》

一

縁側の襖を開け放つと、雲ひとつなく、からりと晴れた青空であった。

五月晴れとはこのことだろう。

おまきは、ゆっくりと筆を置いた。

「お嬢様、こんを詰め過ぎではございませんか。ひと休みなさいませ」

お亀は、手早く洗濯物を干してしまうと、おまきのために茶を淹れた。

うつむくお亀ののっぺりとした顔は、ちくとも動かぬ無表情である。しかし、その一見不愛想な巌《いわお》のような顔を見ていると、おまきは不思議と安心するのであった。

おまきは、二の腕があらわになるのも構わず、ひとつ、うーん、と伸びをして言った。

「どうってことないわ。御殿の伯母様に手紙を書くのは好きだもの」

御殿の伯母様とは、おまきの亡くなった実母、あさひの姉のおとよである。

御大名家の奥勤めをしているおとよを、おまきたちは〝御殿の伯母様〟と呼んでいる。

おとよは、若いときに嫁いだが寡婦となり、そののち御殿に上がった。一生奉公と決めているらしく、ほとんど宿下がりもしない。際立って美しく聡明で、主人の覚えもめでたいと聞いている。

おとよとあさひ姉妹の実家も札差で、そのせいか、あさひが亡くなってからも、おとよは伊勢屋と付き合いを続けていた。殊に、幼いころに会ったきりのおまきを気にかけて、やれ節句だ盆だといっては、贈り物をしてくれる。

このたびは、梅雨寒のせいで風邪をひいた宗太郎に見舞いの菓子を、それと一緒に、おまきに蒔絵の櫛を送ってくれたのである。櫛に添えられた手紙は、貰い物だが使ってほしいと断った上で、歌がしたためられていた。

わかれ路に添へし小櫛をかごとにてはるけきなかと神やいさめし

源氏物語の中で、朱雀院が梅壺女御《うめつぼのにょうご》に贈る櫛箱に添えた歌である。

櫛箱を受け取ったおまきは、あたかも、源氏物語の中の姫君となって公達と文の遣り取りをしているような気分にひたった。おとよの手紙は、いつも、古の歌を引いたり、花鳥風月を語ったり、雅な風情にあふれていて、ひもとくだけで夢心地になる。

お亀がおまきの手元をのぞきこんで言った。

「本当にお嬢様のお見事な書といったら、ほれぼれいたします。伯母様もご覧になるのが楽しみでございましょう」

「御殿には、このくらいの字を書く方は珍しくないわ」

「いえいえ、お嬢様の書は、なんと申しましょうか、お上手なだけでなく、品がございます。御祐筆にも劣りゃしません。ええ」

「おほほほほ、いやだわ、お亀ったら……そうかしら」

「さいでございます」

お亀が自信たっぷりに断言した。

おまきは書が得意であった。幼いころは、席書大会で何度もご褒美を貰ったものである。我ながら、まずまずといった出来栄えの手紙に封をしてしまうと、平安貴族の雅な世界が、とたんに遠のいてしまった。

庭の梅の木に、暇を持て余したように止まっていたからすが、間の抜けた声で、かぁ、と鳴いた。おまきはすっかり現実に引き戻された。

振り返ってみれば、おまきは女御でも更衣《こうい》でもなく、江戸浅草の蔵前の娘で、しかも嫁き遅れときている。たった一度の恋は遠のき、新しい恋にも出会えずにいる。

空は晴れているが、おまきの心はくすんでいた。

わたしの光る君は、いったいどこにいるの?

耳を澄ませば、あの涼やかな声が聞こえてきそうな気がするのに。

おまきは目を閉じた。遠いあの日に聞いた、光る君の声を思い出そうと……。

「よっ、まきのうみ、良い天気だな」

……丈二であった。

「これは片倉屋の坊ちゃん。いらっしゃいまし」

「お亀さん、茶をくれ」

「はい、ただいま」

当然のように茶を出すお亀を制して、おまきは怒鳴った。

「丈二っ。あんた、また勝手に居座ってて」

「挨拶したじゃねえか……ありがとよ」

丈二は、おまき越しに悠々と茶を受け取ると、うまそうに啜った。

「まったく、ちょいと油断すると入り込んで来ちまって、あんたって、野良猫みたいね。しっしっ。餌なんかないよ」

「ここにあるじゃねえか、ちょうど小腹がすいていたんだ」

丈二は、めざとく菓子盆の上の鳥飼和泉の饅頭を見つけて、素早く口に放り込んだ。

「それはあたしのっ」

「けちけちするなよ、まきのうみ」

「だから、四股名《しこな》で呼ばないでっ」

江戸の力士、真木の海は、連戦連勝、絶好調で人気もうなぎのぼりだそうであるが、嫁入り前の娘に相撲取りのあだ名はありがたくない。

おまきは、こりない丈二を憎々しげににらみつけた。

「ずいぶん暇そうね。朝帰りにしちゃ、遅いじゃない」

「おきゃあがれ。本日はこれから親父のお供で寄合だ」

そう言われてみれば、今日の丈二は白粉のにおいもさせていないし、きれいに髭もあたって、こざっぱりとしている。

均整の取れた体つきで顔立ちも悪くないので、きちんとした身なりだと、ちょっと粋な若旦那に見える。

にやけた本性を隠しさえすれば、小娘などは、ころりと騙されてしまうかもしれない、とおまきは幼なじみを密かに値踏みするのであった。

「珍しいじゃない、やっと商売に目覚めたのかい」

「まあな。俺だって、やりゃあ出来る。札差再興を果たすのは、俺しかいない」

十八大通ともてはやされた札差の繁栄も今は昔、御改革後に廃業する札差もあったが、片倉屋も伊勢屋も、しぶとく生き残っていた。

「折角、おじさんが守り抜いた店だもの。あんたが調子に乗って、株を売るようなことにならなきゃいいけど」

するとと丈二は、急に真顔になって、おまきを見据えた。

「札差株は譲らねえ、絶対に」

おまきは思わず気圧された。

「……なにむきになってんのよ」

「むきになんかなっちゃいねえよ」

丈二がふてくされたように口を閉ざすと、奥の座敷から、不揃いな三味《しゃみ》の音が聞こえてきた。

ちん、とん、しゃん。ちん、とん、しゃん。

ちん、とん、しゃん。ちん、とん、しゃん。

「ありゃなんだ。伊勢屋は置屋《おきや》に鞍替えか」

「おさらい会だって。おあやのお稽古仲間が集まっているの」

「熱心だな」

「要は、飲み食いしながら井戸端会議よ」

「それにしたって、おあやちゃんの腕前はなかなかだと聞いているぜ」

「おあやは、奥奉公を目指しているもの」

「玉の輿まっしぐらか。伊勢屋の上を行こうってなら、末は奥さまか、御台所様《みだいどころ》か……おあやちゃんらしいな」

茶の湯や生け花と並んで、音曲は町屋の娘たちのたしなみであった。楽翁公《らくおうこう》が御改革に着手されて以来、下火になった歌舞音曲であったが、近ごろは持ち直してきている。殊に、御大名家に奉公に上がろうとするなら、芸事は必須であった。御殿に上がれば娘に箔がつく。いい縁談に恵まれること請け合いである。おあやは、ゆくゆくは御殿の伯母様の引きで奥へ上がり、少しでも条件のいい縁組を得ようとしているのであった。

いっとき音がやんだと思ったら、先ほどまでのつたない爪弾きと打って変わって、しっとりとした三味の音が響いた。

～君はぁ～五月雨《さみだれ》ぇ～、思わせぇぶりやぁ～……。

「おあやちゃんだな。柳橋でも通用しそうないい声だな。いったいどこで覚えたんだ、あんな色っぽい節回しを」

丈二が、遊び好きの若旦那の顔になり、感心していると、三味の音が止んだ。ついで突然、奥の襖から、おあやが顔を出した。

「いらっしゃい、丈二さん」

「おう。おあやちゃん、今日も可愛いな」

「いやだあ、丈二さんたら」

おあやが甘えたような声を出し、着物の袖を軽く振って丈二をぶつ真似をした。その後ろから、三人の娘たちが興味深そうに顔をのぞかせている。

娘たちが顔を寄せ合って、くすくすと笑った。媚びをふくんだ甘ったるい笑いである。

丈二は、と見れば、先ほどの真顔はどこへやら、鼻の下を伸ばしてにやけていた。

「おあやちゃんのお友達かい」

「はあい、みつと申しますぅ」

「さくでございますぅ」

「とみと申しますぅ、お邪魔しておりますぅ」

娘たちは、小首を傾げ、品を作りながら次々に名乗った。どの娘も丈二にひたと視線を合わせて、おまきなど眼中にない。

「おさらいですか。精がでますね」

「いやだあ、そんな」

「いやだあ、ふふふ」

「いやだあ、おほほ」

娘たちは、体をくねらせ、むやみやたらと小突き合う。

「あ、ちょっと、おあや」

優雅に体をひるがえしかけたおあやが面倒くさそうに振り向いた。

「なに、おまきちゃん」

「さっき、美春屋の息子が訪ねてきたのに、あんた、居留守使ったでしょ？」

「居留守だなんて、人聞きの悪い。手が離せなかったのよ」

「ああ、そう」

「じゃ、丈二さん、またね」

「おう」

娘たちは笑いさざめきながら襖を閉めた。

襖の向こうから、あれが片倉屋の若旦那さまなのぉ、丈二さんていうのぉ、すてきねぇ
ー、かっこいいー、と遠ざかる娘たちの嬌声が聞こえた。

丈二の鼻の下は、今や伸びきっている。

「おあやめ、普段は腰ひも引きずってるくせに、丈二にまで媚び売るなんて、無駄なことを」

「美春屋の息子ってなんだ？」

「ああ、あれ、おあやに惚れてんの。騙されてんのよ、馬鹿だから」

「おあやちゃんが騙すかよ、あんな可愛い顔して」

「可愛い顔してるからこそ、騙すんじゃないの。今朝も居留守使って、花魁太夫もまっつ

ぁおの、焦らしの手管よ。男心をもてあそんで、あの子には真心ってものがないのよね」

「まさかあ」

「それより、あんた、あの娘たちに狙われてるわよ」

「そうか。俺ってもてるから。どの子にしようかなあ。みんな可愛いなあ」

「馬鹿ね。あんたがもてているんじゃなく、片倉屋の身代狙いよ。みえみえじゃない。あの子たちは、ちょっと良さそうな若い男と見れば、ああやって媚び売っておくんだから」

「興ざめだなあ。おまえはなんでそういうひねくれた物の見方しかできないかなあ」

「あんたこそ、あんな小娘どもに鼻の下伸ばしてみっともない」

「おまえも少しは見習ったらどうなんだ。女は可愛いのが一番だよ。ちん、とん、しゃん、なんてな、あんなの下手だっていいんだ、可愛けりゃ……そういやあ、まきのうみ、おまえ、琴も三弦もやらねえな。稽古はしていたはずだろ」

「わたしはこうして、書物でも繰っているほうが好き」

「あっ思い出した！　確かおまえ、音痴だったたな」

丈二が、はたと目を見開いて膝を打った。

「なっ、なにをっ」

「そうだ、そうだ、お亀、そうだったたな」

「さいでございます。お嬢様は音痴でございます」

お亀が無表情のまま生真面目にうなずいた。

「お亀までっ。おっ、音痴じゃないわよっ」

「いいや、思い出した。おまえは音痴だ。筋金入りの。人呼んで、奇跡の一本調子」

「音程が安定しているだけですっ」

「ははは、負け惜しみ言いやがって。小さいころ、歌ったじゃねえか『う〜さぎ、うさぎ〜、なに見てはねる〜、十五夜お月さん〜、見てはねる〜』これを、おまえが歌うと、坊さんがお経読んでるみてぇになってよ、まるでうさぎの葬式だってんで、みんなで腹抱えて笑った。ははははは、ははは。うーさぎうさぎ、なむあみだぶつ〜」

「うるさーいっ」

「それにしても、不思議だったなあ、歌の音痴はよくあるが、三味線弾かせても、琴を鳴らしても、音痴になるってのは、おまえくらいのもんだよなあ、管弦にも音痴がうつるんだなあ。ははは、ははは。あっそうか！　おまえ、音痴だから奥女中にならなかったのか！　いや、なれなかったのか。可哀想に」

「出てけーっ」

「へいよ、ごちそうさんでした」

丈二は茶を飲み干すと、裏口から悠々と出ていった。

おまきは、音痴だから奥女中にならなかったわけではない。

年ごろになったとき、御殿の伯母様から話はあった。

しかし、ちょうどそのころ、御改革のあおりで、さしもの伊勢屋も商いがあやうくなりかけた。おまきの奥奉公どころではなくなったのである。

それだけではない。

お屋敷勤めになってしまうと、長く家を離れなくてはならない。いざとなると、おまきはその決心がつかなかった。

もしかして、いつの日か、光る君が訪ねてくるのではないか。七つのあの日、柳の木の下で出会ったように、またいつかどこかでひょっこり、光る君と再会できるのではないか。

光る君と出会ったあのとき、おまきの時は止まった。永遠にも似たあの一瞬を、心の奥底に秘めて、おまきは今でも待ち続けているのであった。

「あいつ、なにしに来たの。ひとを馬鹿にして」

「丈二坊ちゃんは、まだ少々大人になりきれないところがございます」

「そうよ。餓鬼なのよ」

「とは申しましても、男というのは、どなたも似たり寄ったり、大人のふりをしていても、いつまでも子供のままなのでございます」

「そうなの？」

「その点、女は、芥子坊主の頃から、どこか大人びているものでございます。先ほどのお嬢様方のように、無邪気に振る舞っていても、お腹の中では、女は計算高いものでございます」

「なるほど、そうね」

「どれだけ年をとっても、男は大人の皮をかぶった子供。どれだけ幼くとも、女は少女の皮をかぶった大人、そういうものでございます。ですから、女は強うございますが、男は弱いものでございますから、男の方には優しくして差しあげなくてはなりません」

「そういうものかしら」

「そういうものでございます」

二十年来、伊勢屋で奉公してきて、外の世界を知らないはずなのに、お亀は時々、世の中すべてをあまねく見てきたようなことを言う。

「丈二坊ちゃんも、いっそ、お嫁でももらいなさったら、少しは落ち着くかもしれませんね」

「そうかもね」

「いっそ、お嬢様がお嫁にお行きなさったら」

「まさかまさか、悪い冗談はよしてよ、お亀。寒気がしてきたじゃないの」

「申し訳ございません」

「あいつめ、音痴、音痴って、癪にさわるわ。音曲ばかりが女のたしなみでもないじゃないの。ほら、源氏物語の絵合わせの巻で、斎宮女御《さいぐうのにょうご》が絵を描く姿が、帝を魅了するのよ。光源氏も絵がうまかったわよ。みんなが光る君の描いた須磨の絵日記に感動するんだったわ。美しいひとが、絵を描く姿って、素敵よねえ。こう、口に絵筆なんかくわえて、眉をひそめて考え込んじゃったりなんかして……」

「お嬢様、光源氏様は、歌舞音曲に秀で、おまけに絵もうまい、という設定でございまして、音痴じゃございません」

「もう、あんたまで、音痴って言わないでよ」

「ついつい本音が……。それでも、お嬢様は、撥よりも筆のほうの素養がございます」

「そう？」

「お小さい時分に、手習い草紙に走り書きなされたお師匠さんの似顔絵は、今思い出してもそっくりでございました」

落書きのことであっても、ほめられて嬉しくないこともない。字を書くのも好きだが、絵を描くことにも心惹かれる。

「わたし、お師匠さんについて絵を習おうかしら」

いい思いつきではないか。

「素養を伸ばすのでございますね。ようございます。お嬢様にはむいているかと存じます。旦那様にご相談なさいませ」

おまきの背中を押すように、からすがもうひと声、かああ、と鳴いた。

「そうね」

宗助は奥の座敷に油紙を広げて、宗太郎と何事か話し合っていた。

「絵を習う？」

おまきが切り出すと、宗助は、米の相場の話でもするかのように、眉間に皺を寄せた。

「ええ、おとっつぁん。花嫁修業に」

「絵か……師匠筋を知らないじゃないが、さてさて、おまえを預けるにいい師匠というと……さてねえ」

しかつめらしい父親の顔を見ながら、おまきは、宗助が風流とはいささか縁が薄いということを思い出した。商売柄、付き合いは広いが、興味のないことにひとは詳しくはならないものである。

宗助が、まるで美形の鳩のようにしきりに首を傾げている一方、病みあがりの宗太郎が、おまきの目の前に大きな算盤を掲げてみせた。

「姉様、ほら、新しい算盤だよ！」

十七歳の宗太郎は、父親似でなかなかの美男だが、内気でそのうえ体が弱い。その陰気な弟が、珍しく頬を紅潮させていた。

「算盤？　宗ちゃん、あんた、もう体はいいの」

「うん、それより、これを見て」

「これって……算盤なんて、うちにはたくさんあるじゃない」

「これはまた別ですよ。紫檀ですよ、紫檀。しかも、ほら、玉の形が違うでしょう。つい先ほど届いたんです」

「玉の形ねえ……」

そう言われても、おまきの目には、算盤は算盤で、それ以上のものには見えない。

宗太郎は、じれったそうに宗助に同意を求めた。

「姉様にはわからないかなあ。この玉の形、ねえ、おとっつぁん」

「ああ、なかなかいいよ」

絵の話のときとは打って変わって、算盤の話になると、宗助は笑みを浮かべた。

「そうですよね。それに、この色艶、たまりませんね、おとっつぁん」

「うん。たまらないねえ」

「おとっつぁんも宗太郎も、そろばんだの帳面だの、商売のこと以外になにか楽しみはないの。よく息がつまらないわね」

すると、宗助はわずかにきれいな眉をいからせた。少し険のある表情をすると、自分の父親ながら、苦み走ったいい男である。女にもてないはずはないのだが、遊びに全く興味がない野暮天なのだから仕方がない。

「楽しみはあるよ。今も、宗太郎と、な」

「はい」

見れば、床の間の油紙の上に、大小二十ばかりの小石が転がっていた。

「石？」

宗助が、遠出をすると必ず石を拾ってくることに気づいてはいたが、これほど溜まっていたとは。

「ああ、これはね、鉱石標本だよ」

そう言って、宗助は黒っぽいのや白っぽいのや、くすんだ色合いの不揃いの石ころをうっとりと眺めた。

こうせきひょうほん、と言われても、これまた、おまきの目には、石ころ以外のなにものでもない。ところが、宗助は愛娘でも見るように、目を細めているのである。

「この色艶、たまりませんね」

宗太郎も父親とよく似た顔をほころばせる。

「……おとっつぁん、じゃあ、絵のこと、考えておいてちょうだいね」

「わかったわかった……絵か……さてさて、どうしようかねえ」

生返事をしながら石ころから目を離さないふたりを残して、おまきは自室に戻った。

「おとっつぁんたら、さてさて、って、南京玉簾《なんきんたますだれ》じゃあるまいし」

「お嬢様」

「算盤だの石ころだのにうっとりだなんて、石部金吉金兜《いしべきんきちかなかぶと》ってのは、あのふたりのことだったのね。おとっつぁんはともかく、宗太郎の爺くさいこと……丈二みたいに遊びほうけるのもどうかと思うけど、風流のふの字もないのもいただけないわね。あれじゃ、絵の師匠捜しなんかあてにならない」

途方に暮れるおまきの前に、お亀が膝を進めて言った。

「おみつに聞いてみましょうか。蔵やさんでは、書画会を開いたりもしますから、絵師のこともよく知っておりましょう」

「そうね」

宗助よりも、おみつのほうがよほど頼りになりそうである。

ふたりは両国橋袂の蔵やへ向かった。

二

「絵を習うなら、湯島のもじゃ先生がようございます」

おみつは即答した。

「もじゃ先生?」

おまきが思わず問い返すと、おみつは、ははは、と笑って続けた。

「小林柳扇先生でございますよ」

そう言われても、いっこうに聞き覚えがない。

「おや、ご存じない? 無理もないか……先生は、元は、なんとか派の絵師でらっしゃったのが、師匠と袂を分かったそうで、今じゃ、湯島で緑雨庵という画塾を開いて、なかなか流行っているんでございます」

「緑雨庵」

「ええ、腕は確かでございますよ。うちの書画会にも出品なさって、なかなかうまいもんですよ」

絵のことをどの程度わかっているのかは判然としないが、おみつは自信たっぷりに柳扇の画塾を勧めた。

「若いお弟子もとってらっしゃいますが、女子供にも、懇切丁寧に教えてくれるって、評判なんです。ですから、お嬢様には打ってつけと存じます。ただ……」

そこで、おみつはいったん、言葉をにごした。

「ただ?」

おまきとお亀が同時に問い返した。

「あ、いえね。なんでもございません。ご立派な先生でございますよ……まあ、とにかく、一度いらっしゃってみてくださいな」

そう言って、おみつはなにか含むように微笑むと、仕事に戻ってしまった。

「どういたしましょうか、お嬢様」

お亀は不安げに声を落としたが、おまきはひるまなかった。

じっとしていても仕方がない。なにかを新しく始めることで、目の前が開けるかもしれないではないか。

「行くわ」

思い立ったが吉日である。おまきはお亀を供に、その足で湯島にまわった。

湯島天神の森は緑滴り、町屋のほうまで緑のしずくがこぼれかかるようであった。石段を上がれば不忍池を抱く上野の森がのぞめ、ここもまたしっとりと緑である。

武家地と町屋のはざまで、湯島の軒下を借りるような坂下の閑静な一郭に、絵師の家はあった。

門脇の大柳がまるで緑の几帳のようである。

「なるほど、柳が緑の雨のよう。それで緑雨庵かしら」

「なかなか良いお住まいでございますね」

板塀に囲まれた敷地に足を踏み入れると、松や梅、桜など、季節の樹木が植えられていた。初夏の庭は花よりも葉盛りで、木漏れ日まで薄緑色に染まっている。

木々を見上げるお亀の、いつもの無表情な顔にも緑の紗がかかり、珍しくかすかなえくぼが浮かんでいた。

「それにしても、もじゃ先生とは、なんのことでございましょう」

「森《もり》先生の聞き間違いじゃないの？　ほら、こちらの見事なお庭が森のよう……」

言いさして、おまきは二の句が継げなくなった。

「どうなさいましたか、おじょ……」

おまきの視線の先をたどり、お亀もまた、言葉を失った。

そこに居たのである。

もじゃ先生が。

白髪交じりの蓬髪《ほうはつ》。もみあげから顎まで続いた豊かなひげ。おまけに襟からのぞく胸元や、二の腕に手の甲まで、濃い体毛が文字通り、もじゃもじゃと生えている。林の中に少し猫背でぼうと立つその姿は、掛け軸でよく見る唐の仙人のようである。

「どなたかな」

もじゃ先生が口をきいた。これまた、仙人のようなしわがれた声である。

お亀は顔色ひとつ変えることなく、深々と頭を下げると口を開いた。

「突然伺いまして失礼をいたします。こちらは浅草蔵前の……」

そこまでまくしたてたところで、おまきはお亀の袖を強く引っ張った。

「……お亀っ、帰る」

おまきがささやくと、お亀は無表情のまま小声で返した。

「は、なんですって、蛙？　どこに？」

「蛙じゃなくて、わたし、帰る。帰りたいのっ」

「入門なさるのではなかったのですか」

「出直しましょう、少し考えさせて」

「考えるって、なにをでございますか」

「だって、先生をご覧なさいな。浮世離れするにもほどがあるじゃない。霞でも食べていそう」

不気味な風貌は、蓬萊山《ほうらいさん》に居るのが似合いそうで、どことなく近づきがたい。おみつが言葉をにごしたのには、こういうわけがあったからではなかろうか。

「ねえ、お亀、わたしは別に女絵師になって大成しようとか、そういうことじゃないのよ。言ってみれば、嫁入り前の手習いみたいなものよ。わざわざ仙人に弟子入りしなくたっていいの。他に、もそっと当たり前の、もそっといい男の先生がいそうなものじゃないの。だから……」

そこで、おまきは突然口をつぐんだ。

「お嬢様？」

もじゃ先生の後ろから、すらりとした若者が現れたのである。

若者は、書き物の途中であったのか、形の良い唇に恰好よく絵筆をくわえていた。傾けた頬に影があり、少しひそめた眉が凛々しい。唐桟《とうざん》の着流しに博多の帯が細い腰にぴたりと似合って、絵から抜け出たような美男であった。

若者は、唇からするりと絵筆を抜いた。

そして、おまきに向かって一つ鋭い流し目をくれ、まぶしそうに微笑みながら近づいてきた。

若者から、香と絵具の混じり合ったいい匂いが漂ってきた。

まるで平安絵巻の貴公子ではないか。

木漏れ日が揺れ、若者とおまきはかぐわしい匂いに包まれて、そこだけまるで別世界のようである。

この方こそ、探し求めていたひとではないかしら。

「柳扇先生、お客様ですか」

若者の問いかけに、「うむうむ」ともじゃ先生……小林柳扇は雲が棚引くが如く、ゆるゆるとうなずいた。煩悩がすっかり抜け出たような透き通った瞳はあらぬほうへ据えられていた。柳扇の周囲も、ある意味、別世界のようである。

若者はおまきに向き直った。

「弟子の佐竹柳一と申します。入門したてのお弟子さんたちのお世話をさせていただきます。どのようなご用件ですか。もしや入門なさるのでは……」

「はいっ！　ご明察っ！　入門でございますっ」

皆まで言わせず、おまきは即答した。

「お嬢様、お帰りになるのでは……」

訝しげに言いさすお亀を、おまきは即座に制した。

「入門！　入門！　即、入門っ！　絶対に入門しますっ！」

「では、中へどうぞ」

「はいっ！」

柳扇と柳一に続いて、おまきは意気揚々と画塾の敷居をまたいだ。

襖を開け放った広間には、墨や絵具の匂いが染みついていた。

そこが定席らしい床の間の前に、柳扇が座り、向かいにおまきたちが落ち着くと、中年の女が茶を運んできた。

年のころは、三十五、六。鳶色の縞の着物に紺の前掛けをして地味に作ってはいるが、目の大きな、女中にしては品のいい女であった。

「こちらは紅柳さん。女弟子どうし、なんでもお聞きになるといい。紅柳さん、こちらはおまきさん。蔵前の札差のお嬢様で、入門なさいます。いろいろ教えて差し上げて下さい」

「まきでございます。ご指南くださいませ」

おまきが頭を下げると、紅柳も畳に手をついた。

「あらまあ恐縮でございます。お弟子なんぞと、名ばかりで、先生のお世話をさせていただくしか能がございませんのに。こちらこそ、よろしゅうお頼み申します」

「紅柳さんは、浅草の菓子屋のおかみさんなんですよ。うさぎやさんという……」

「ああ、餅菓子屋さんでございますね」

そこは若い娘のこと、近辺の甘味処には詳しいのである。

「まあ、お恥ずかしい。ようご存じで」

「うさぎやさんの餅菓子は評判ですから。時々、うちの者に買いに行かせております」

「それはそれは、毎度ありがとうございます」

紅柳は顔いっぱいに笑みを浮かべた。美人というのではないが、くるくる動く大きな瞳を輝かせ、顔中笑い皺でいっぱいにして無邪気に笑う様は気取りがなく、好感が持てた。

「明日は子供たちが来る日ですが、おまきさんもいらっしゃいますか」

紅柳がそう言うと、柳一もうなずいた。

「騒がしいのですが、よろしかったらいらしてください」

「はいっ、参りますっ、きっと参りますっ」

暇を告げようとして柳扇を見ると、床の間の前で枯れ枝のような腕を組み、こっくりこっくり、静かに船を漕いでいた。

三

「まあ、お嬢様、入門なさったのですかぁ、へぇえ」

自分で勧めておきながら、おみつは驚いた口調でそう言った。

「浮世離れした仙人みたいな、まさにもじゃ先生でございましょう、よくまあ、お嬢様のお気に入りましたねえ」

それを早く言ってくれ、とおまきは心の中で苦笑した。

しかし、仙人だとも知らずに柳扇を訪ねたからこそ、柳一に出会えたのである。

「ねえ、お亀、柳一様が絵を教えて下さるのよ。どうしましょう」

「どうしましょうと仰られても……お嬢様、ああいうのがお好きでございましたっけ」

「ああいうのがどういうのかわからないけど、あの方にお目にかかったとたん、目の前の景色が一変したの。ねえ、お亀。恋をすると、世界が変わるのね」

思い起こせば、七歳のあの日、光る君に出会ったときも、おまきの世界は変わった。今度は柳一様が、わたしの世界を塗り替えてくれるのかしら。光る君がそうしたように……。

蔵前から見慣れた江戸の景色を通り抜け、湯島へ。大柳の几帳をくぐり、緑雨庵の飛石をたどれば、香と絵具の香りがただよい、柳一が優雅に絵筆を握る。そこから先は、平安絵巻である。床の間には、穏やかに鎮座する仙人までいる。

「おや、お嬢様、今日は勝手が違うようでございますよ」

昨日とは打って変わって、画塾の広間はにぎわっていた。

「ようこそお出で下さいました。広間は騒がしゅうございます。おまきさんはこちらへ」

柳一が広間の隣の座敷におまきをうながした。

「にぎやかでございますね。絵は静かに描くものと思っておりました」

「絵画の基本は模写ですが、柳扇先生は、子供には好き勝手に描かせるようにしております。それが、のちのち画力を上げるのだそうでございます。己独自の筆遣いをもってすれば、同じような絵を描いてもひと味違うようになるとか……」

ふと見ると、傍らに、彩られるのを待つかのように、白い紙が広げてあった。

「これは、柳一様の」

「お恥ずかしいことですが……」

柳一の整った横顔がかげった。

「いっこうに出来上がりません」

柳一は白紙の前に座った。

「おまきさん、絵を見て、音曲が浮かんでくることはございませんか」

「えっ」

「川の流れや鳥の羽を描く筆遣いに、笙《しょう》や琴の調べを思い浮かべることはございませんか」

「……ええ、まあ」

「時に、一本調子の絵というのがございます」

「えっ」

「調べが感じられないというのかなあ。音曲で言えば、音痴な絵ということになりましょうか」

「……」

「わたしは、そのような絵は描きたくない。見る者に妙なる調べが聞こえてきそうなそのような絵が描きたいのです」

考え込むときの癖なのだろうか、柳一は、絵筆をすっと口にくわえて眉をひそめ、しばらく白紙に見入っていたが、やがて筆を置いた。

「なかなか構図が決まらなくて……」

そうつぶやく柳一こそ、絵のようである。

おまきを見つめて微笑む柳一も魅力的だが、一心に絵筆の先に目を凝らす険しい横顔は思いがけなく男らしくて、おまきの胸はきゅんと熱くなる。

この方は、絵の道に命をかけていらっしゃる。わたしも一緒に精進しよう。もっと絵のことがわかるように、決して一本調子の絵にならないように。そして、いつかこの方を支えてあげたい。

「来月、蔵やで、柳扇先生とお仲間の書画会がございます。それに出品しようと思うのです」

「まあ、書画会に」

「ええ、おまきさんも出しますか。ただし、出品料がかかりますが……」

「お金なら大丈夫、ご心配なくっ！」

柳一の美しい眉がゆるんだ。

「左様ですか。さすがは蔵前の札差のお嬢様ですねえ」

「いやあ、それほどでも」

「絵が売れれば、一躍、名も売れますよ」

「女でも出品できるのですか」

「紅柳さんは出品なさいます」

「紅柳さんも……」

「今度の書画会には、渾身の作品を出すのだと意気込んでおられました。おまきさんも画帳を見せていただくといい。力強くてそれでいて繊細で、激しくかき鳴らす琴の音が聞こえるような……わたしはあのひとの絵が好きだな」

手放しに紅柳をほめる柳一の目がうっとりと潤むのを、おまきは見逃さなかった。

危ない。

菓子屋のおかみだというのだから、住み込みではないだろう。それにしても、柳一と過ごす機会は多いはずである。順庵の例があるように、若い男というのは、意外に年上女に弱いのである。

あの仙人の目を盗んで、ふたりがどうにかなるのは難しいことではないかも……。

「おおい、おおい、柳一ぃー、たのむ」

広間から、急かすような大声で呼ばれて、「ちょっと失礼」と柳一が出ていった。

ひとり残されて、おまきははたと気づいた。

今、柳一様を呼んだのは、誰だろう。呼び捨てにしていたということは、兄弟子がいるのだろうか。

興味を覚えて、おまきは広間をのぞいた。

七、八人の子供たちが、自分の絵も絵筆もほったらかしにして、円陣を組んでいた。円の真ん中には、柳扇が、たすき掛けですくと立っていた。

もじゃ先生？

おまきは我が目を疑った。

白髪交じりの蓬髪にもみあげから顎までの髭、確かに柳扇ではあるけれど、曲がっていた腰はまっすぐで、絵筆を持つ手は力漲り、少年のように頬を紅潮させ、目は爛々と輝いている。枯れた仙人どころか、十も二十も若返ったように見える。

柳扇の傍らには紅柳がいた。

「紅柳や」

「はい」

柳扇が呼ぶと、紅柳が絵筆を渡した。ふたりは目を見交わして、かすかにうなずきあった。

「柳一、紙を」

「はい」

柳扇は声にも張りがあった。昨日とは全く別人のようである。

柳一が紙を置くと、柳扇はやにわに振りかぶり、一気呵成に筆をふるった。

わあ、と歓声が上がった。

柳一が描き上がったばかりの紙を高々と掲げた。

紙の上には黒一色の一筆で、今にも飛び立ちそうに羽を広げた一羽のからすが、見事に描かれていた。

「お見事でございましょう?」

いつの間にか紅柳がそばにいて、おまきに微笑みかけていた。

「先生の一筆即興画。これをなさると子供が喜ぶんです」

「はあ、なんだか、その、ずいぶんと、お元気そうで……」

すると紅柳は少女のように首をすくめた。大きな瞳がはにかむように揺れ、年上だとわかっていても、可憐に見える。

「先生は絵のこととなると、俄然元気がわいてくるのですよ。ご自分で絵を描くのも、子供たちに指南するのも、楽しくて仕方がないのですね。他のことにはご興味がないので、普段は居眠りばかりなさっているのに」

「そうですか」

そう言っている間にも、柳扇は二枚目の即興画を描き上げて、子供たちの喝采を浴びていた。

「絵師の先生というのは、もっともったいぶって怖い方かと思っておりました。でも、もじゃ先生は……あっ、失礼」

「いいんですよ、みんな、もじゃ先生って呼んでいます。先生も怒りゃしません」

紅柳は、またひとつ肩をすくめた。そして、小声になった。

「先生が、どうしてもじゃもじゃ先生って呼ばれ始めたか、ご存じですか」

「それは、お髭がもじゃもじゃだからではありませんか」

紅柳はためらうように、一瞬、目を伏せた。

「先生が、昔、狩野派から離れたということはご存じですか」

「ええ、なんとなくは……」

おみつが、なんとか派かの師匠と袂を分かったと言っていたのを、おまきは思い出した。

「柳扇先生は、お若いころは師匠に目をかけられて、将来を嘱望されていたんですよ。ところが、あの世界、なかなかどうして、男の嫉妬が渦巻いておりましてね。早い話、先生は兄弟子に妬まれたんでございます」

「意地悪でもされたのでございますか」

紅柳の瞳が、心の揺れを映すように潤んで揺れた。

「意地悪かどうか……修行の一環と言えばそれまででございます。柳扇先生はその腕を買われて、師匠や兄弟子の代わりに絵を描くようになったのです」

「……というと」

「模写でございます」

「模写」

「名のある他人の絵を忠実に真似して、落款《らっかん》を入れる。それで買い手も喜び、売れる絵になる。もちろん、模写は画力を上げるには欠かせない修養でございますが……柳扇先生は、いつの間にか、ご自分の絵を見失ってしまいました」

絵師が自分の絵を見失う。それは、致命的なことではなかろうか。

「模写先生、仲間たちは、陰で柳扇先生をそう呼ぶようになりました。先生もまたご自分を蔑んで、自らそう名乗るようになりました。先生は、師匠を離れて、画塾を開き、絵を教えて暮らすようになり、模写先生はいつの間にか、もじゃ先生になったのでございます」

「お気の毒な……」

「でも、おまきさん、子供たちに指南をするようになってから、先生は少しずつお変わりになりました。ご自分の絵を描くことを思い出されました。それに、ほら、あんなに楽しそうに……」

広間に目を遣り、紅柳は目を細めた。

「先生のお蔭で、子供たちは絵を描く楽しみや見る楽しみを知りました。それから、わたしも」

「書画会に絵をお出しになるとか」

「はい。そろそろわたしも正念場でございますから、先生に恥ずかしくない絵を仕上げるつもりでおります」

紅柳の目はその意気込みが伝わってくるほどに輝いていた。

「紅柳、紅柳や」

「はあい」

柳扇に呼ばれて、紅柳は身をひるがえしながらささやいた。

「もう誰にも、模写先生なんて呼ばせやしません」

柳扇の掲げた三枚目の即興絵は、見事にはばたく鶴の絵であった。

四

おまきは自室で、絵筆を噛んでいた。

「お嬢様、なにを悩んでおいでですか」

「構図が決まらないのよ」

「構図と仰いますと……」

「書画会に出品しようと思っているの。ひとつ、琴の音が聞こえるような絵をね」

「……」

いつもの無表情を更に固くして、お亀がおまきを見つめた。

「なによ、なにか言いたいことがあるみたい」

「お嬢様は入門したてでいらっしゃいます。初めは地道に模写でもなさるのが修行の筋道ではございませんか」

「模写なんぞに夢中になって、自分の絵を見失ってはいけないわ」

「ご自分の絵なんぞと仰るのは早すぎるのではございませんか。出品料もばかになりません」

「お金なら、おとっつぁんが出すわよ」

「またお嬢様は、出す出すと簡単に仰る。女がお金を出すと言うと、男の方は嫌がるものでございます」

「柳一様は違うの。あの方は特別。それに、書画会は目の前なの。柳一様をあっと言わせるのよ」

柳一が紅柳を見る憧れの眼差しが気にかかっていた。紅柳にかなわないまでも、人目を惹く絵を描けば、柳一のおまきを見る目も変わるかもしれないではないか。

「お嬢様、あの若い絵師は、どことなく頼りない気がいたします」

「んもう、お亀ったら。あんたに言わせれば、若い男はみんな頼りないんじゃないの」

「そりゃそうでございますが」

「絵画の道は茨《いばら》の道よ」

「……どこかで聞いたような……」

「でもね、あの方とわたしは手を携えて絵画道を行くの。どのような苦難もふたりなら乗り越えられるわ、きっと」

「左様でございますか」

「そのためにも、実績を積まなきゃ」

しかし、いくら絵筆を噛んでも、いい画題は浮かばない。

「おなかすいたわ」

「お饅頭でも買ってまいりましょうか」

「饅頭よりも餅の気分……そうだ、うさぎやに行こう」

「おや、紅柳さんのお店でございますね」

晴れた昼下がり、おまきは気分転換も兼ねて、浅草のうさぎやを目指した。

大川沿いの柳が緑を増して、清かに棚引いている。水面《みなも》は青く、涼やかに木漏れ日を映していた。

「まもなく川開きでございますね」

毎年、大川で盛大に催される川開きでは花火が打ち上げられる。大川は見物の船で一杯になる。橋の上も川沿いも見物客が詰めかけて、この日のにぎわいが、いわば江戸の夏の始まりであった。

伊勢屋でも毎年船を仕立てて花火見物に繰り出すことになっていた。

「こう毎年だとさすがに飽きてくるわね」

「まあ、お嬢様、年寄りくさいことを仰って」

「だって、この年で、親兄弟うちそろって花火見物も空しいわよ。そりゃ、夫婦で見る花火だったら、素敵だろうけど」

同じ年ごろの幼なじみたちは、大抵所帯持ちになって、子供のひとりくらいは連れて花火を見にくるのである。

浅草寺門前町のうさぎやでは、餡《あん》を包んだ白い餅にちょんちょんとうさぎの顔と耳をあしらったうさぎ餅が名物である。月見のころには、『月見うさぎ』と銘打って飛ぶように売れるが、この時期も店頭に並んでいた。名物だけあって客が列を作っている。

「へい、いらっしゃいまし」

うさぎやは身内だけでやっている菓子屋である。店頭には、髪は真っ白だが、すっくと背筋の伸びた老女が客の相手をしていた。痩せぎすで、狐のようなつり上がった目が、値踏みするが如く客を見据える。見られただけで叱られたような気がするので、皆、低姿勢で菓子を求めて大人しく帰っていく。

老女の傍らには、十四、五の女の子が、やはり老女そっくりの目をして、菓子を包んだり釣りを渡したりして、老女を手伝っていた。奥では、やはり狐顔の中年の男が、忙しげに蒸し器を運んでいる。

「あれって、紅柳さんのお姑さんかしら」

「さいでございましょう。そちらは娘さん、奥はご亭主でございましょう」

「紅柳さんは……」

目を凝らすと、奥でかすかに動く人の姿があった。まるで陰に埋もれたように、背を丸めうつむいて、一心に菓子に絵付けをしている。

「お亀、あれは……紅柳さん？」

「さいでございますね」

声をかけようとして、おまきはためらった。紅柳はひどく陰気に見えた。画塾では表情豊かに輝いていた大きな瞳は暗く沈んで、なにかに腹を立てているような近づきがたい雰囲気である。

「なんだかこう……暗いわね」

「はい」

亭主が黙って菓子を置く。紅柳も黙って菓子を取り上げ、絵付けする。仕事に没頭しているといえばそれまでだが、画塾での生き生きとした紅柳しか知らないおまきには、それが同じ女だとは到底思えなかった。

おまきがうさぎ餅を求めて帰途につくまで、紅柳はとうとう、一度も顔を上げなかった。

おまきは足しげく緑雨庵に通った。

「お嬢様、通いすぎではございませんか」

「そうかしら」

「毎日のように押しかける女というのは、興ざめなものでございますよ。もそっと勿体《もったい》をつけたほうがよろしゅうございます。押しが強すぎては、お嬢様が軽く見られます」

「おあやじゃあるまいし、そんな駆け引きは、柳一様とわたしには関係ないの」

「しかし、あの柳一様という方は……」

「柳一様が、いつでもいらっしゃいと仰るのだもの」

「しかし、あの方は……」

「それに、蔵前の家じゃ、絵を描く気分にならないのよね。野暮天の男どもやら現金な妹やら、軽薄な丈二は勝手に入ってくるし、気が散って仕方がないの」

緑滴る大柳をくぐり、飛び石を渡って緑雨庵に至れば、不思議とそこは別世界であった。

絵具と香、静寂、そして……。

「おまきさん、いらっしゃい。ご熱心ですね」

絵を描く光源氏。

柳一が汚れた指でほつれた鬢をかきあげながら、微笑んだ。

ああ、なんて新緑がよく似合うの。

「お邪魔でございましたでしょうか」

「とんでもない。おまきさんがいてくれるほうが、わたしも励みになります」

「本当でございますか」

「どうして嘘など申しましょう。いつもこうしてご一緒できたなら……いや、失礼なことを申しました」

柳一は照れくさそうにうつむいた。

もしや、柳一様も同じ気持ちでいらっしゃるのかしら。

ふたり並んで絵筆を持てば、まるで絵師の夫婦のようである。

緑雨庵にいるわたしは、札差の娘でも嫁き遅れ小町でもない、絵師、佐竹柳一の妻、おまき。無粋な日常をよそに、芸道にのめり込む。こんな暮らしもあるのだわ。

おまきは、今までのすべてが遠のいていくような甘美な喪失を思った。

さようなら、光る君。さようなら、おとっつぁん、おっかさん、宗太郎におあや。丈二、あんたも達者でね。今年の花火はあんたたちと一緒には見られそうもない。だって、わたしには……。

「あのぉ、柳一様は、大川の花火見物にいらっしゃいますか」

「花火ですか……川開きは騒がしくて苦手です」

「あら」

「書画会も近いので、わたしは絵を描いているつもりです。おまきさんは、見物にいらっしゃるのですか」

「ええ、まあ、その、付きあいで、船を仕立てるので……」

「それは豪勢だ。うらやましい」

「あ、でも、そんなの行かなくたってちっとも」

「皆さん楽しみになさっているのでしょうね。おまきさんは親孝行でいらっしゃる」

「あ、いや、まあ、それほどでも」

柳一は感心したようにうなずいている。

親孝行の名目で、おまきは今年も花火見物をすることになりそうである。

奥で、柳扇がしきりに紅柳を呼ぶ声がする。柳一がおかしそうに笑って言った。

「先生は、紅柳さんがいないと夜も日も明けぬ。紅柳さんのお蔭で、柳扇先生は、ずいぶん明るくなりました」

「そうなのですか。紅柳さんが仰るには、子供たちを教えるようになって、柳扇先生は変わったと……」

「そもそも、子供たちに絵を教えようと言い出したのは紅柳さんです」

「紅柳さんが」

「はい。それまでは、大人の弟子しか取りませんでした。先生も初めは渋っていましたが、始めると面白くなったようです。先生の絵も変わってきました。以前はその……」

「模写先生でございますか」

「……ご存じでしたか。しかし、近ごろは違います。紅柳さんさまさまですよ」

奥で、柳扇と紅柳が笑い合う声がする。おまきは、うさぎやの作業場で、暗い表情でうつむいていた紅柳を思い出した。

紅柳が柳扇を変え、柳扇が紅柳を変えた。

やはりここは別世界なのかもしれない。

五

昼過ぎまで曇っていた空が、夕刻には茜色に染まった。

大川の川開きのその日、花火の打ち上げを待ちかねて、男も女も連れだって、にぎわいの最中へと繰り出していく。

伊勢屋では桟敷と船を用意していた。

「おまき、おまえも船に乗るかい」

栈敷で札差仲間と商売の話をしていた宗助が、端正な顔を向けてきた。舟には、おみちとおあやと宗太郎に、おあやの稽古仲間の娘たちが乗るはずである。

「そうねえ……」

「ああ、それから、今年は、片倉屋さんの丈二も乗るとか言っていたな」

「げっ」

なんで、丈二が……。

どうせ、媚び丸出しの娘たちが目当てに決まっている。鼻の下を伸ばしきった丈二の顔が目に浮かぶようであった。

「船はやめておくわ、栈敷で十分」

「そうかい」

うなずくと宗助は、また札差仲間との相場の話に戻っていった。

夜空を彩る花火が次々に上がっても、おまきの心は晴れなかった。

ひとりで見る花火はさびしい。美しいものは好きなひとと見るに限る。

時折、水面へ落ちる火の粉が、じゅっ、じゅっ、と音を立てるのが、自分の胸を焦がすような気がする。

「わたし、先に戻っているわ」

宴もたけなわだというのに、おまきは立ち上がった。

「そうかい、では誰かつけよう」

宗助が使用人に声をかけるのをおまきは制した。

「いいの、平気よ」

そう言って、おまきはそそくさと席を立った。

心は一直線に緑雨庵へと向いていた。

「お嬢様、お供いたします」

お亀が素早く後に従う。

にぎわいが遠のくと、夜気が迫ってきた。川風に身をすくめつつ、おまきは先を急いだ。

夜の緑雨庵は闇に沈んでいた。

「お嬢様、静かでございますね。どなたもいらっしゃらないのでしょうか」

「柳一様はいらっしゃるはずだけど」

なんとなく声をかけかねて、おまきはそっと飛び石を渡った。

明かりが見えた。庭をのぞむ縁側である。どーん、どどーんと音がして、木々の向こうに花火が上がるのが見えた。

明かりの向こうに紅柳の白い横顔を見つけ、そのほうへ踏み出そうとして、おまきは立ち止まった。

「しっ、お亀っ」

おまきはお亀の袖を引っ張って、ゆっくりと松の木の陰に身を隠した。

紅柳は一人ではなかった。隣には柳扇が居て、ふたりは並んで花火の上がる夜空を見ていた。

それだけならば、仕事の合間に師弟が手を休めているのだと思っただろう。しかし、ふたりはその手と手を重ね合わせていたのである。肩を寄せ合い、睦まじく。

見てはいけないものを見た。とにかくこの場を去らなくてはならない。見なかったことにしよう。

たぶん、お亀もそう心に決めたのだろう。主従は息を合わせてそろそろと後ずさった。

ぱきん。

枯れ枝を踏んだのはどちらだったのか、わからなかった。なぜなら、その直後、もう一度、ぱきん、と枝の折れる音がした。そして、またその直後。

ぱきぱき、ぱりん。

ぼきっ。

「ちょっ、お亀っ、なにやってんのよっ」

「お嬢様こそ」

「おじょ……」

縁側で、紅柳と柳扇が身じろぎする気配がした。

「誰だ、柳一か」

柳扇の鋭い声と共に、仙人にしては力強い足音が近づいてきて、おまきへ明かりが向けられた。

「おまきさん……」

柳扇に代わって、紅柳がおまきに歩み寄った。

「お師匠様、紅柳さん、こんばんは。まあ、本当に今宵は良い花火日和でございますぅ、わたし、わ、忘れ物をしてしまいましてぇ、今、ほんとに、たった今、ここに来て……ねえ、お亀」

「はい、お嬢様。ほんっとに、たった今でございます」

師弟はぼそぼそとささやき合い、柳扇は曖昧にうなずくと、奥へ姿を消した。

「おまきさん、まあ、どうぞこちらへ」

おまきたちは紅柳にうながされ、縁側へ腰を下ろした。

「紅柳さん、わたし、なにも見ておりません。ほんっとに、たった今……」

「お嬢様っ、なにも見ていないなんて仰っちゃ、見たと言うのと同じでございますっ」

「えっ、そうなの？」

見れば、紅柳は思い詰めた様子で己が膝頭を凝視していた。

「紅柳さん、でも、ご安心ください。わたし、絶対に誰にも言いません。神かけて誓いますっ、絶対にっ」

お亀も、その無表情を更に硬くして、真摯な声音で重ねて言った。

「お嬢様はこう見えて、誠に男らしゅうございます。決して他言はなさいません」

「そうなんです。わたし、とても男らしゅうございます。武士に二言なし、いえ、嫁き遅れ小町に二言なしでございますっ」

すると紅柳は、堪えかねたようにふき出して、くすくすと笑った。おまきも急に力が抜けて、頬がゆるんだ。

「本当に、誰にも言いません。だって、とてもお美しかったから……」

「美しい？」

紅柳は、大きな目を不思議そうにしばたたいた。

「はい、先生と紅柳さん、お互いを思い遣られていらっしゃるご様子が、睦まじくお幸せそうで、誠に美しゅうございました。決して壊したくないと、お邪魔したくないと思いました。ですから、そっと退散しようとしたんでございます。人の恋路を邪魔するやつぁ、馬に蹴られて死んじまえ、ってことわざも……」

「恋路だなんて、そんな……」

紅柳は、言葉を捜すかのようにあちらこちらへ目を遣った。

「おまきさん、思い違いをなさらないでくださいませ。先生とわたしは、絵の話をしていただけでございます。今度の書画会の画題のことで。わたしが絵を描くようになったのは先生のおかげなのです。ですから、ご恩に報いるためにも、良い絵を描きますとそう誓っておりました。それだけでございます」

紅柳はなおも言い募った。

「こちらに参ったのは、始めは女中奉公でございました。うさぎやは手が足りているので、外で働くのもいいかと思って。柳扇先生は、じきに、わたしに絵を教えてくださるようになりました。わたしは、小さいころから絵が好きでしたから、ありがたいことでございます」

「それがきっかけでございましたか。おふたりの」

うっとりするおまきに、紅柳は言った。

「不思議なことでございますが、緑雨庵にいると、わたしは、本当の自分らしい自分に戻れるような気がして」

「自分らしい自分でございますか」

「先生のお世話をして、絵を描いて……そんな暮らしが、しっくりくるのでございます。ここにいるときは、わたしは、うさぎやのおかみではなく、絵師、紅柳……失礼しました。おかしなことを申しあげました」

「素敵じゃございませんか」

「おまきさん。わたしは、緑雨庵が好きなんでございます。ここで先生とご一緒するひときが、なによりも好ましく思われるんでございます。ここにいる自分が好きなんでございます。ただそれだけで、わたしが、先生のことをどうこうということでは、決して」

「では、紅柳さんは、先生のことをお嫌いなのですか」

とたんに紅柳の顔に、世にも幸せそうな微笑が浮かんだ。好きだ、とその顔が語っていた。

そのひとのことを思うだけで、笑みがこぼれて仕方がない、そんな恋を紅柳はしているのだ。

しかし、こぼれそうな微笑は、すぐにしまいこまれた。代わりに紅柳は、なにか恐ろしいものでも見たようなおののきをあらわに、おまきに懇願した。

「おまきさん、本当に、本当に、今日のことは他言はなさらないでくださいまし」

何度も念を押して、紅柳は逃げるように帰っていった。

「お嬢様ったら、あのように責めてはなりません」

「いいじゃない。責めたわけじゃないわ。紅柳さんは恋してるって、気づかせてあげたかっただけよ。それにしても、紅柳さんと柳扇先生がねえ……」

信じられないような気もするし、一方で、さもありなんと思える。

柳扇は紅柳を頼りにし、紅柳は柳扇を信頼しきって、まるでつがいの鶺鴒《せきれい》のように睦まじい様は、傍で見ていて微笑ましかった。

「相性がよろしいのでしょう。年が離れていようと、立場が違おうと、あれほど気が合うおふたりは、夫婦でも滅多にありゃしません」

「一緒になれればいいのに」

「世の中はそう甘くはないのでございますよ、お嬢様」

「そりゃそうだけど」

そのひとといると自分らしい自分になれる。

そんな恋もある。

「紅柳さんは、恋をして、とうとう自分らしい自分になれたのね」

「自分らしい自分でございますか……そんなものを見つけてしまったら、嬉しくもあり、怖くもあり、でございましょう」

「なぜ怖いの？」

「そりゃ、お嬢様、今まで見たこともない『自分らしい自分』なんてものを見つけるなんざ、幽霊を見るようなものでございます」

「ふうん」

おまきも、柳一の側で新しい自分に出会えるのだろうか。今までとは全く別の自分に。

それは嬉しいことのような気もするし、お亀の言うように、少し怖いような気もする。

緑雨庵は再び闇に沈み、ことりとも音がしない。

「それにしても、柳一様はどちらへ行かれたのかしら」

「ですから、お嬢様、あの方は……」

空に赤い花が咲き、どどーんと響く音がした。

「お亀、見て。まあ、きれい」

「きれいでございますね」

「来年はきっと、恋しいひとと一緒に見るわ」

「はい。お嬢様」

六

次の日、緑雨庵を訪れると、柳一が深刻そうに打ち明けた。

「紅柳さんが画塾をやめるというのです」

「まさか」

「書画会にも出品なさらないと仰って、先ほど、挨拶をなさって出て行かれました。あんなに張り切っていたのに、急にどうなさったのか……」

柳一も、詳しいことはわからないと首をひねっている。

「柳扇先生はどうなさっておられるのですか」

「お部屋にこもっておられます。お食事もなさらずに……」

そっと柳扇の部屋をのぞくと、ふたまわりも小さくなってしまったような柳扇が、仙人どころか、死人のようにぐったりと柱にもたれていた。

「参りましたよ。いったい、なにがあったのでしょうかね」

おまきは、もう柳一の美しい眉がひそめられるのに見とれる余裕もなかった。

「お亀、どうしよう。昨日、わたしたちにあんなところを見られたからじゃないかしら」

「さいでございますねぇ。お嬢様が余計なことを仰るから……」

「余計なこと？　わたし、なにか言ったかしら」

「好きだの嫌いだの、痛いところを突いたじゃございませんか。紅柳さん、悋気づいたんじゃございませんか。不義密通はご法度でございますからね」

「ふぎみっつうっ。やだ、わたしのせいだと思う？」

「さいでございますねえ……まあ、男と女のことでございますから、いつかは、こうなる運命だったのでございます」

「でも……」

おまきが余計なことを言わなかったなら、紅柳は画塾をやめることもなく、柳扇もあれほど打ちひしがれなかったかもしれない。

「お亀、うさぎやに行くわ」

「お供いたします」

お亀はおまきを励ますように、四角い顔で大きくうなずいた。

うさぎやでは、前に見たのと同じように、紅柳は奥で神妙に菓子の絵付けをしていた。おまきを見ると、わずかに怯えたように身を硬くしたが、しまいには、外に出てきてくれた。

「画塾をおやめになるって、本当ですか」

「……ええ」

「書画会にも出品なさらないと？」

「……はい」

「わたしのせいでございますか？　余計なことを申し上げたから……」

「いいえ、お嬢様のせいじゃございませんよ。むしろ、お嬢様のおかげで気がついたんでございます」

「如何ようなことに気がつかれたと仰るのですか」

「よく考えてみれば、身の程知らずにも、女絵師気取りで、夢を見ていたんでございます。先生のお側で、絵を描いて生きて行けたらどんなにいいか……けれど、そのような暮らしは、所詮、かなわぬ夢でございます。夢は夢のまま、わたしは元の菓子屋のおかみに返るのがいいんでございます。だって、このままじゃ、このままじゃ……」

紅柳は、搾り出すようなため息をついた。

緑雨庵では、あれほどきらめいていた紅柳の瞳が、暗くかげっていた。

このひとは、菓子屋のおかみ。己のあるがままに恋することは、世の中に背を向けることなのだ。

恋する心に正しいも間違っているもないけれど、世俗の義理には抗えない。

それでもおまきは、言わずにはいられなかった。

「柳扇先生は、すっかりお力を落としておいでででした。お気の毒で……」

「先生が？」

紅柳の瞳にわずかに光がさした。

「はい。お食事も召し上がらず、日がな一日、お部屋にこもって、柱にもたれてぼんやりなさっていらっしゃいます」

「まあ……」

「紅柳さんが、柳扇先生の教えによって変わったように、柳扇先生も、紅柳さんのおかげで変わることができたのですね。その紅柳さんがいなくなって、柳扇先生は……」

「……」

「女は強うございますが、男は弱いものでございます」

紅柳は答えなかった。

紅柳の姑が、何事かと近づいてきた。

「おくまや、いったいなんの騒ぎだね？」

狐目の姑は、紅柳を『おくま』と呼んだ。それが、うさぎやのおかみとしての、紅柳の名であった。

「なんでもございません、おっかさん」

「早くお戻り」

「はい、ただいま……お嬢様、ではこれで……」

おまきは背を向ける紅柳の前に回り込み、仁王立ちして懇願した。

「お待ちくださいっ」

「まだなにか……」

「では、どうかせめて、書画会にだけは出品なさってはいかがでございましょう。これが最後になるとしても、絵だけでも描きあげてくださりませ。柳扇先生にご恩返しと思し召して」

「ご恩返しですか……」

紅柳の瞳に光が揺れた。

「恋は一瞬の夢だったかもしれません。諦めなくてはならない恋があるのかもしれません。でも、恋をして、紅柳さんは、自分らしい自分になれたと仰ったじゃございませんか。それなのに、絵を描くことまで諦めるのですか。緑雨庵の女絵師、紅柳さんが描く絵は夢なんかじゃございません。その手に絵筆を持てば、すぐにも描けるうつつでございます」

店先で姑が、おくまや、さっさと奥へお戻り、と声を張りあげている。

「お嬢様、参りましょう」

お亀にうながされ、おまきは、立ちすくむ紅柳を残して、その場を後にした。

七

書画会当日。

おまきが自室にこもって鳥飼和泉の饅頭を貪り食っていたところへ、お亀がいきなり襖を開けた。

「お嬢様、そろそろ参りましょう……おやまあ、鍵もかけずにそんなに召し上がって、丈二坊ちゃんにでも踏み込まれたら、なんとなさいます。なにもお嬢様が緊張なさることはございませんでしょう」

お亀は手馴れた仕草で大きな湯飲みに茶を淹れた。

「ふぁへははひほへほはひはほほ」

「ハゲは黙ってろ……なんですか、お嬢様、はしたない。お亀はハゲてなどおりません」

茶をひと口飲んで、おまきは訂正した。

「……だってわたしも絵を出したのよ、と言ったのよ。まったくもう、お亀ったら、長い付き合いなのに、これぱっかりは勘が悪いのね」

「お嬢様、いつの間に絵をお出しになられたのですか」

「昨日。あんた、お使いに出ていたじゃない」

もうひとつ、饅頭を呑み込んで、おまきは誇らしげに胸を張った。

「まるで琴の音が聞こえるような一幅の絵が出来上がったわ。ふふ」

「それでは、緊張なさることなどないじゃございませんか」

「そこが素人の浅はかさよ。絵に命をかけているからこそ、自信があっても怖いのよ。戦《いくさ》場《ば》に赴く侍の心持ちって言ったらいいかしら。武者震いってやつね」

「男らしゅうございますね」

「嬉しくないわ……まあ、わたしのはともかく、紅柳さんと柳扇先生のことも気にかかるわ」

この書画会で、柳扇は新たな境地を世に示し、紅柳は女絵師として確固たる評判を得るはずであった。しかし、柳一に聞くところによれば、柳扇は部屋に閉じこもりきりであるという。紅柳からもなんの知らせもない。

「もし、紅柳さんが思い直して絵を出品なさっていたら、わたしが買うわ」

「お嬢様が？」

「厳密に言えば、おとっつぁんのお金で、匿名で買うのよ。絵が売れれば、紅柳さんも少しは元気が出ると思うの。だから」

「お嬢様ったら、さすが、男のなかの男……いや、女のなかの男でございます」

「なにそれ。だから、嬉しくないって。ところで、柳一様はどのような絵を描かれたのかしら。楽しみ」

「まだご覧になっていなかったのですか」

「うん。それどころじゃなかったでしょう」

蔵やの広間は、絵師や版元をはじめ、絵や書を好む大店の主人や隠居ら数奇者でにぎわっていた。皆、出品されている書画の品定めに余念がない。

「柳一様はどちらにおいでかしら」

おまきが周囲をうかがっていると、いきなり背中をどんと小突かれた。

「よう、まきのうみ」

「丈二、なんであんたがここにいるのよ」

すると、丈二は、にやけて言った。

「おまえが出品したって聞いて、冷やかしに来てやったぜ。おまえ、今年の花火は船に乗らなかったじゃねえか。どうしたかと思ってよ」

おまきが絵を出品したことは、店のものにも内緒にしていたのに。お亀さえ知らなかったものを、誰から聞いてきたものか、丈二は余計なときに、すこぶる耳が早いのである。

「それで、おまえの絵を探していたら、面白いものを見つけた」

「わたし、忙しいの」

「まあ、来てみろって」

柳一の姿を目で探しながら、おまきは丈二に引っ張っていかれた。

梅の木に止まる鶯の絵。

「どうやら鶯らしいんだが、太った雀にしか見えないだろ。なにかに似てないか？」

「なによ」

「おまえに似てないか？」

「……」

「ぽーっと口開けて、目を丸くしてよぉ、おまえにそっくりじゃねえか、この雀……じゃなくて、鶯。しかも、口開けてるとこを見ると、鳴いてるよな、これは」

「……たぶん」

「絶対、音痴だろ、この鶯？　なあ？　一本調子のホーホケキョ、ってのが聞こえてきそうな絵じゃねえか？　よくまあ、こんなへたくそが出品したよなあ。俺、これを見れば、おまえも自信がつくと思ってよぉ。安心しろ、まきのうみ。いくらおまえの絵が下手でも、ここまでじゃ……」

丈二が、あっ、と口を閉ざした。

「……まさか、これ、おまえの……」

梅に鶯、それはおまきの絵であった。

「……音痴の鶯で悪かったわね」

「わっ、すまねえ、俺、そんなつもりじゃ……いや、よく描けているじゃねえか、細かいところまで。この鶯の糞《ふん》なんか……」

「糞じゃありません！　梅の花です！」

丈二は真顔になると、しげしげと絵を眺めて言った。

「そうかあ、名は体を表すって言うが、絵も体を表すんだなあ」

「……くくっ」

「泣くなよ、悪気はないんだ」

「うるさーい！　あんたになにがわかるのよ。この時代遅れの宝暦野郎！」

「宝暦……おまえ、それは言い過ぎだろう」

「あんたなんか、鶯の糞のカドに頭ぶつけて死んじまえーっ！」

「……鶯の糞にヵドなんかねえし……」

「もう、あっち行ってよっ！　行かないと、わたし、歌うわよっ！　ええい、歌ってやるっ！」

「うひゃあ！　歌だけは勘弁してくれぇ」

丈二は本気で逃げ出した。

「なんて失礼な奴……くっ……」

ようやく丈二を追い払ったのに、なおも、おまきの背中を小突く者がある。

「うるさいなあ、放っておいてよ」

「お嬢様っ」

それは、ほんの少し頬を赤らめたお亀であった。

「なによ。お亀。わたし、今すっごく饅頭食べたい……」

「ご覧なさいませ、こちらへ」

「わたしの絵だったら、それは鶯の糞じゃなくて、梅の花だから……」

「とにかくこちらへおいでなされまし」

ひとだかりができていた。

床の間にかけられた二幅の絵に、人々は感嘆の声を上げていた。

片方は、夏の夜空を背景に川辺にそよぐ柳の絵。しっとりと繊細な筆致が細かなさざなみや柳の葉の一枚一枚まで描き込んでいて、その絵の前に立つだけで、吹き渡る涼風が感じられそうである。

もう一方は、同じ夏空の川辺で柳の代わりに大輪の花火が咲いている。川面に映る花火の姿も鮮やかに、飛び散る火の粉の熱さまで伝わってくるようであった。

「これは……」

「柳は柳扇先生、花火は紅柳さんの絵でございます」

おまきは、緑雨庵で、遠く花火を眺めながら手と手を重ねあっていた師弟の姿を思い起こした。

ああ、あの夜だ。

『夏一夜』と題した二幅の絵は、師弟そのものの如く見事に響きあい、呼応しあって、二枚の紙の上に、夏の一夜を再現していたのである。

「お亀」

「はい」

「絵が恋をしてる」

「はい」

「わたしが買う必要はないみたいね」

すでに買い手はついていた。このぶんだと紅柳には新たな絵の注文がくるだろう。

紅柳はきっと、描き続ける。そして柳扇も。もし恋が実らなくても、ふたりはこれからもずっと、互いを高めあい、響きあうだろう。二幅並んだこの絵のように。

「行こうか、お亀」

「お饅頭を買いましょうか、お嬢様」

「うさぎ餅にしよう」

「ようございますね」

「紅柳さんに、絵を見たって伝えなきゃ。素晴らしかった、って」

誰にも知られず消えていく恋もある。上がり損ねた夏の花火のように。けれど、こぼれた火の粉は人知れず水面を焦がし、川の水を熱くする。空に上がった花火より、水底の火の粉のほうが、ずっとずっと熱いのだ。

夏一夜。

一幅の絵の中で、紅柳の恋が咲いていた。

蔵やの広間から廊下を渡り、小部屋に差し掛かって、おまきは足を止めた。

「柳一様の声がしたわ」

書画会に柳一の絵はなかった。どうしたのだろう、とおまきは気にかけていたのである。

「控えの間になっているのかしら」

おまきが襖を細く開けると、確かにそこに柳一がいた。

しかし、柳一はひとりではなかった。太った不器量な娘と、ぴたりと寄り添っていたのである。

柳一は手に紙を持ち、眉間に皺を寄せて、唇に恰好よく筆をくわえていた。娘はそんな柳一をうっとりと見上げている。

「柳一さまあ。川開きのときの花火、きれいだったわねえ」

「花火より、あなたのほうがきれいだったよ」

「いやだあ、うふん」

花火？　ということは、あの日、柳一様は、絵を描いていたのではなく……。

柳一が、唇からするりと筆を抜いて、娘に流し目をひとつ寄越した。

「お描きになりませんの？」

娘が甘ったるい声を出した。柳一が答えて言った。

「なかなか構図が決まらなくて」

そして、悲しげに微笑んだ。

「わたしが柳一様のお邪魔なのじゃございませんの」

「なにを仰いますか。あなたが側にいてくれるからこそ、励みになります。いつもあなたと一緒にいられたら、どんなにか……いや、失礼なことを申しました」

「柳一さまあ、うふん」

おまきは、そっと襖を閉めた。

一生やってろ。

娘は金貸しの娘でおふくという。家付き娘で婿を探していると聞いている。自分の不器量を棚に上げて極度の面食いなので、親も頭を痛めているらしい。

「いやなものを見たわ」

緑雨庵で見た柳一はあんなに高貴だったのに、なぜか今日は反吐が出るほど軽薄に見えた。

とぼとぼと、おまきは歩いた。いつか緑雨庵に着いたが、皆出払って留守である。

思えばここで始めて柳一と出会ったのである。

今度こそ、本当の恋に出会えたと思ったのに。

「だから言わんこっちゃない」

そら見たことか、とお亀が勇んで切り出した。

「佐竹柳一様は、旗本の御三男でいらっしゃいます。兄上の代になって、御次男は婿に行き、柳一様はお役目もなく婿入り先もなく、いわゆる厄介になられました。いい男でございますが、なにをなさっても飽きっぽい。それが災いして、婿養子の口も見つからなかったのだとか。絵だって、ちょいと画塾に出入りした程度で、まともに描き上がった絵なんぞないらしゅうございます。いつまでも厄介じゃ、狭い旗本屋敷には居づらいし、見かねた遠縁の柳扇先生が、弟子として緑雨庵に置いてあげたということらしゅうございます。まあ体のいい下男でございますね」

「げ、下男……」

「絵師として独り立ちするのはまず無理だとか。あわよくば、お金持ちの町人の娘に婿入りしたい魂胆が見え見えだと噂だそうですよ。おみつが教えてくれました」

「……なんでそれを早く言わないのよ」

「申し上げようとしましたが、お嬢様が聞く耳をお持ちなさいませんでした」

「今度からは、わたしが聞こうとしなくても、力ずくで聞かせて頂戴」

「かしこまりました、お嬢様」

あんなに素敵だった柳一が、外の世界では色あせて見えた。

「あれじゃ、丈二のほうがまだましだわ」

光る君の涼やかな声が蘇る。

光る君に出会った瞬間、おまきの世界は変わった。

特別な場所に行かなくても、なにかを始めなくても、恋をすれば、そこは別世界になる。

愛しいひとがそこに居さえすれば。

外の世界に出たとたん色あせるような恋は、所詮、まやかしだったのかもしれない。

「帰ろう、お亀」

「はい、お嬢様」

おまきは飛び石を渡って門の外へ出た。

別世界の扉を閉じるように、大柳がゆらりと揺れた。

第三話　ひとつ涙

一

ジリジリジリ、とどこかで蟬が鳴いている。

雲ひとつない、夏天であった。

おまきは日ざかりの庭に降り、額に汗を浮かべながら鉢植えに水をやっていた。

鉢は朝顔である。

ところが、元気よく伸びるはずの蔓はくたりと萎れ、そろそろ膨らんでくるはずの蕾はどこにも見えない。

それでも、おまきは鉢を睨みつけるようにして、なおも水をやり続けている。

突然、きゃははは、と弾けるような笑い声がした。おまきは驚いて、如雨露《じょうろ》を取り落した。

「わっ、びっくりしたあ。んもう、おあやのやつ……」

笑い声の主は、妹のおあやであった。ついさっき、日本橋にある糸問屋の若旦那がおあやを裏口に呼び出して、ふたりはひそひそと話し込んでいたのである。

「いやだぁ、若旦那ったらぁ。そぉ、そぉ、そぉなんでございますぅー」

「あははは、へぇー、おあやちゃん、そぉなんだぁー、ははは、ははは」

馬面の若旦那のにやけた顔が目に見えるようである。

ったく、男を手玉に取るのがそんなに面白いのか。

稽古ごとの行帰りや、遊山先で、ちょっと微笑みかけただけで、男たちは面白いようにおあやに夢中になった。一方、おあやは、付文《つけぶみ》をされても涼しい顔で、決して深入りしない。そのぶん、どの男もやきもきして、余計におあやに入れ込むらしい。

おあやはじきに、奥女中奉公に上がることが決まっている。宿下がりしてきた暁には、その御殿下りの看板を華々しく掲げ、一番条件のいい家に嫁ぐのだろう。今のうちに、その布石を着々と打っているのだ。

我が妹ながら、食えない女だ。

おまきは、半ば呆れ、半ば感心している。

八方美人てのは、あの子のことを言うのよね。さほど好きでなくてもいい顔が出来るんだから、商売向きではあるわ。

齢十五にして、おまきよりよほど大人なのである。

一方、おまきは、嫁き遅れの名をほしいままにして、未だ縁談がまとまらない。七歳のときの初恋のひと、光る君が忘れられず、どんな男も物足りなく思えてしまう。恋するひとと結ばれたい。ただそれだけのことなのに、どうしてうまくいかないのだろう。淡い恋をつかみかけても、次の瞬間、流水のように手のひらからこぼれてしまう。そして、結局、おまきの心によみがえるのは、光る君の懐かしい姿なのである。

「あー、疲れた。暑いなあもう……」

おあやが、仏頂面で、ぐるぐると肩を回しながら戻ってきた。

「今の、糸屋の若旦那でしょ？」

「ああ。あれはハズレね。どうやら、商売がうまくいってないらしいの。今度来たら、居留守使うわ」

無愛想におあやが言った。さっきの朗らかな笑い声が同じ喉から出たとは思えない。

「ったく、あんたには、良心というものはないの」

「良心で、女の幸せはつかめないの」

「……夢がないのねえ」

「おまきちゃんこそ、夢を見過ぎよ。恋は幻。そろそろ手を打たないと、ほんとに嫁かず後家になっちゃうよ」

「へいへい。大きなお世話」

「って、おまきちゃん、なにやってんの」

「朝顔に水をやっているのよ。ほほほ、風流でしょ」

「朝顔、枯れてるじゃん」

「……だからこそ、水を……」

「ていうか、死んでるじゃん。手遅れ。あーあ。おまきちゃんが、また朝顔を殺めました
ー」

「ちょっと、人聞きの悪い」

「まきのうみ、また朝顔を枯らしたのか」

「……」

丈二がいつもの如く、我が物顔で縁側に腰掛けていた。

「勝手に入ってくるなとあれほど……」

「朝顔なんて、子供でも育てられるってのに、毎年毎年、懲りもせず鉢植えを枯らして、
おまえはどうしてこうも不器用なんだろう」

丈二が真面目な顔で鉢植えを覗き込む。

「水、やりすぎなんだよ、おまえ」

「だって、枯れてるんだから、お水やらなきゃ」

「枯れてるというより、根腐れしているんじゃねえか。水やりは、すりゃいいってもんじ

ゃねえ。欲しがるときにやる。いらねえと言ってるのに、無理に飲ませちゃ、溺れちまう」

丈二は、鉢植えの土を触って言った。

「そうよ、おまきちゃん。丈二さんの言うこと、たまには聞いたら。片倉屋のおじさんは、植木道楽だったよね。丈二さんも詳しいのでしょ」

「まあな……可哀想になあ。まきのうみに育てられたばっかりに、こんなになっちまって……いっそ、そこらへんに種まいて、放っておきゃよかったんだ。気がついたときには、きれいな朝顔の垣根が出来てらあ。それを、無駄にいじくりまわしやがって」

くたりとうな垂れた朝顔の蔓を撫でながら、丈二がため息をついた。

おまきは花卉《かき》の世話が苦手であった。

きちんと世話をしているつもりなのに、いつの間にか枯れている。いや、正直を言えば、世話をするのを忘れてしまって、枯らしてしまったこともある。

水をやれば、やりすぎだと言われるし、やらなければ、足りないと叱られる。どうもその加減がわからない。

枯れた朝顔を見ていると、源氏物語の朝顔の段を思い出す。

見しをりのつゆわすられぬ朝顔の　花のさかりは過ぎやしぬらん

光源氏の歌に詠まれた、さかりの過ぎた朝顔に、おまきは自分を重ねて、ほんの少しさみしくなる。

今年こそは、可憐な花を咲かせたかった。

それなのに。

「あ、わたし、お稽古に行かなくちゃ。じゃあね、丈二さん」

「おう」

おあやは、だるそうに部屋へと戻っていった。丈二はなにをするでもなく、朝顔の蔓をいじくっている。

「お亀はお使いでいないから、お茶も饅頭も出ないわよ」

「ああ」

それでも丈二は、ぐずぐずしていた。

「なんか用なの」

「あのさあ、おまき」

「うん?」

「あとでちょっと出かけられるか?」

「どこへ」

「ちょっとそこの、河岸《かし》までいいんだ」

「いいけど、なに」

「話があってな」

「話なら、今すればいいじゃない」

「ここじゃ、ちょっと出来ねえんだよ。あとで。涼しくなったら迎えに来るから、支度しとけよ」

「いいけど」

「じゃ、あとで」

それまでぐずぐずしていたのが嘘のように、丈二は風のようにきびすを返して行ってしまった。

「なんだ、あいつ」

ひとり残されて、おまきは妙に居心地が悪かった。

丈二が珍しく、『まきのうみ』ではなく、『おまき』と呼んだからである。

二

浅草の御米蔵は隅田川西岸にある。

一番堀から八番堀まで、舟入り堀が櫛の歯状に並んでいる。

蔵前の札差の仕事は、得意先の旗本や御家人に代わって、幕府から支給された蔵米を金に換えることであるから、この界隈は丈二やおまきにとって、家業に関わる場所でもあり、住み慣れた遊び場でもあった。

空は茜色に染まり、昼間の炎暑は川風にぬぐい去られようとしていた。絽《ろ》の羽織姿の商人や担ぎの売り子は、一日の仕事を終えて急ぎ足である。

川面をゆっくりと動いていく舟が、ちらほら見える。米蔵の北の御厩河岸《おんまやがし》と対岸の本所石原町との間に御厩河岸の渡しがあるのだ。あたりをはばかるように、薄暮に紛れて漕ぎ出す屋根船には、旅人や商人ではなく、吉原に繰り出す粋筋や、わけありの男女が乗っているのだろう。

わざわざ河岸まで呼びつけておいて、丈二はなかなか話を切り出さなかった。

「今日は吉原に行かなくていいの？　花魁が待ってるんじゃないの？」

「いいんだ」

居心地が悪くて冗談を振っても、丈二はいつものように乗ってはこなかった。だんまりの丈二など、気味が悪い。「なに黙ってんのよ！」とどやしつければいいような気がするが、柄にもなく深刻そうな横顔を見ると、それも出来ない。

おまきは居心地の悪さを持て余し、対岸の景色が暮れていくのを見ていた。

「おまき、あのな……」

ようやく丈二が口を開いた。

「俺、嫁をもらおうと思うんだ」

「えっ」

「俺は親父の跡を取って、片倉屋を継ぐ身だ。仕事も覚えなきゃいけねえ。この先、片倉屋を、親父の代より大きくしたい。だから、男の二十三は、まだまだひよっこだが、身を固めてもいいと思うんだ。もともと吉原通いなんて、好きでやってるわけじゃねえ」

先を越された。

丈二の嫁取り話が進んでいたとは、ちっとも知らなかった。しかも、道楽者の権化のような顔をして、好きで遊んでいたわけではないと言い出す始末である。

丈二め、まさか、女に惚れた？

「相手は？」

「えっ」

「わたしの知ってるひとなの？　それとも岡惚れ？　ははん、仲を取り持てというわけね」

「いや、そういうわけじゃ……」

「そういうわけじゃない、て言うってことは、そういうわけだってことなのよ。ね？」

「……な、なに言ってんだ、おまえ」

「白状しなさいよ。誰だかわかんなきゃ、取り持ちようがないじゃないの。先を越されるのはしゃくだけど、長い付き合いだもんね。一肌脱いであげる……って、ほんとに脱ぐわけじゃないからね。ははは……あ、もしかして、もう話は進んでるの？　じゃ、わたしになにをさせようってのよ。仲人なんて無理だし」

丈二は干上がりかけた池の金魚のように、口をぱくぱくさせている。

「ねぇ、丈二、どうなのよ」

「いや、その……あれっ、おい、見ろよ、あれ」

「なによ、誤魔化して」

「見てみろよ。うしろ、見てみろって」

振り向くと、背の高い男がひとり、舟から降りてくるところであった。めくら縞の着物の裾を大きく端折って、懐に手を入れている。少し前かがみで足早に歩く姿は、裏街道を行く者特有の後ろめたさを漂わせている。

男は人影のない米蔵のそばまで来ると、すとんとしゃがみこんだ。そして、置石のようにじっとして、去っていく舟を見つめていた。

「助《すけ》にいっ！」

丈二があたりもはばからず、大声を上げて駆け寄った。

「……丈二……」

「助にい！　助にいじゃねえか！」

「……丈二……どうして……」

男はすっくと立ち上がった。細面で中高で、濃い眉に剃刀のような切れ長の目……。すらりとした立ち姿。

助にいだ。

若松屋助五郎。

やはり蔵前札差の息子で、丈二やおまきとは幼なじみである。

四年前、若松屋は突然店を畳んだ。

楽翁公の御改革で、蔵前の札差は軒並み打撃を受けたのだが、伊勢屋を始め手堅い商売をしていた店はなんとか持ちこたえていた。しかし、御改革から十年近く経ってから、若松屋はとうとう札差の株を売った。一家は離散。そして、助五郎は、おまきや丈二に別れも告げず、ふっつりと姿を消した。

「助にいこそ、どうしたんだ。どうしてこんなところにいるんだ」

「懐かしくってな。たまに、舟でここにつくと、しばらくぼんやりしちまうんだ。おまえとよく舟を仕立てて、遊びに行ったよな……」

すると、助五郎は、今気がついたというように、御蔵を見遣《みや》って微笑んだ。

「違ぇねえ。ここは札差のお膝元だ。今までおまえと会わなかったのが、ふしぎなくれぇだ。ははは。俺もヤキがまわったな」

「助にいが、こんなところにいたなんて、気がつかなかったよ」

「ああ、昼間にゃ来ねえ。夜中だよ、いつも。誰も俺には気がつかねえ」

柔らかな声音が、おまきの耳朶《じだ》をくすぐった。

一見、冷たそうだが、その実、面倒見がよい。気遣いに長け、粋な遊び方を心得ている。

丈二は、そんな七つ年上の助五郎に憧れて、どこへ行くにもつきまとっていたものである。

「そんなことより、助にい、黙っていなくなっちまって、俺たち、どんなに捜したと思ってるんだ」

「すまねえ」

「俺だけには行先を知らせてくれるもんだと思って、ずっと待っていたんだぜ。それなのに……いったい、どこにいたんだよ。俺はどんなに案じていたか。もしも、兄ぃが、もしも……」

「丈二、おめぇ……」

助五郎が、くっ、と喉を詰まらせた。吊り気味の鋭い目元が赤らんで、つーっと涙がひと筋、落ちた。

ああ、泣き味噌助五郎だ。

おまきは、懐かしさで胸が熱くなった。

助五郎は涙もろかった。しかし、女のようにめそめそと泣くわけではない。情に感じ入ったとき、堪え切れずに、ひと粒だけ、涙が頬を伝うのである。

助五郎の酷薄な横顔に涙がひと筋流れる様を見て、誰ともなく好意をこめて呼び始めたのだ。

泣き味噌助五郎、と。

「すまなかったなあ、丈二。だが、ああするしか他に仕様がなかったんだ。お前たちに迷惑はかけられねえ、俺にだって、男の意地があらあ」

「うん」

助五郎の視線が、ふとそれて、丈二の後ろに立っていたおまきに注がれた。

濡れた瞳で鋭く見据えられ、おまきの胸が、きゅんと痛んだ。

やさぐれた横顔にぞっとするような男の色気が漂っている。少しやつれただろうか。きっと苦労をしたのだろう。けれど、心根までは変わっちゃいない。あの涙を見ればわかるもの……。

「おまえ……音痴のおまきじゃねえか」

「……」

四年ぶりに会ったのに、それはないだろう。

助五郎は、丈二とおまきを見比べて言った。

「おまえら、まだ所帯を持たねえのか？」

「えっ」

ふたりは思わず顔を見合わせた。

「伊勢屋さんは跡取りがいるから、おまきが片倉屋に嫁入りするのが筋だろう。祝言はまだなのか」

「やっ、やだ、助にい。なにそれ。誰が丈二となんか」

「俺だって、こんなまきのうみ」

ふたりが同時に言い募ると、助五郎が頬をゆるませた。

「照れるなって」

「照れてなんかっ。い、今だって、丈二の嫁取りの話をしていたんだから」

助五郎が眉を開いた。

「そうだったのか。丈二」

「いや、まあ」

「それはめでたい。祝いをしなきゃな。てことは、音痴のおまきは噂通りの嫁き遅れだったか」

おまきは肩をすくめた。

川向うまで、そんな噂が流れていたとは。

「そんなら、俺が口説くとするか。どうだ？」

助五郎が、すっと流し目をよこした。視線が錐のように、おまきの胸にきりりと突き刺さった。

助にいったら。

遊び人でならした手練手管は健在である。なんといっても、丈二に悪所通いの指南をしたのは、助五郎なのである。

けれど、助五郎が軽薄なばかりでないことを、おまきは知っている。手練手管の流し目の奥に、熱い血潮が流れていることを。

「……おっと、悪いが、ひとと会う約束があるんだ。行かなきゃならねえ」

丈二が、子供のように助五郎の袂にすがりついた。

「兄い、行っちまうのかよ。久しぶりに会ったのに」

「そのうち、ゆっくり話そう」

「ほんとだな、ほんとに会えるんだな。また黙って消えたりしないよな」

助五郎は目を細めて微笑んだ。

「しねえよ。誓う。俺は今、川向うの吉田町にいる。源兵衛店だ」

「そうか」

住まいを聞いて、安堵したのか、丈二はやっと、助五郎のたもとを離した。

「明日の同じころ、ここで会おう。どうだ？」

「いいよ。待ってるよ」

「音痴のおまき、おまえも来るか」

助五郎の視線が、たぐるようにおまきの視線と絡み合う。おまきはかっと頭に血が上り、即座にうなずいた。

「は、はいっ」

「じゃあな。会えてよかったよ」

助五郎は、片手を上げると、浅草寺のほうへ歩いていった。

「助にい、変わったわね。でも、やっぱりかっこいい」

おまきがうっとりとつぶやくと、丈二が大仰にため息をついた。

「おまえ、助にいに惚れてたのか？　あの光る君とかなんとかいうのは、どうなったんだよ」

「光る君は光る君なのっ。あんたに関係ないでしょっ」

「へーい、気が多いことで」

「気が多いわけじゃないわよ。光る君は……」

あのひとは、この世の中でただひとりのひと。でも、もう一度会えるかどうかわからない。木霊のように美しいあのひとは幻。忘れたほうが良いに決まってる。本当の恋が見つけられるなら……。

「……そういや、助にい、誰かと所帯を持ちたいと言って、ご両親と揉めてたことがあったよね。身分違いがなんとか言って、反対されたんじゃなかった？」

「さあ、どうかな。俺はよく知らないんだ」

若松屋があんなことになって、結局、ふたりは別れたのだろう。

「悲しいわね、男と女って」

「でも、よかったよ。助にいが無事で」

丈二が真顔で深いため息をついた。

いっこうに行方のわからなかった助五郎である。自ら命を絶ったのではないか、と皆が密かに案じていたのだ。

「俺、助にいに憧れていたんだ」

すっかり薄暮に覆われた川面を見ながら、丈二が唐突に言った。小さな子供が絵草子の中の英雄の話をするときのような、弾んだ声音であった。

「助にいと俺とで札差再興しようって、話し合っていたんだぜ。かつての十八大通みたいにさ、世の中をあっと言わせるのよ。金ばっかり使うのが粋じゃねえってことは、俺だってわかってるが、金がなきゃ始まらねえだろ？　それで、俺らが、お江戸の文化の先頭に立つのよ。御上だって一目置くぐらいに、力を持つのよ」

「それで、どうするのよ」

花魁でも身請けするのか。

「……世の中を変えるのよ」

少し照れたように、それでいて誇らしげに丈二が言った。

ふらふら遊んでばかりで、ろくに仕事も覚えない丈二が、世の中を変えるだって？

こいつ、そんなこと考えてたのか。

おまきは、丈二をまじまじと見た。

「世の中を、どんなふうに変えようっていうの」

「誰も泣かねえ世の中にするのよ」

「泣かねえって」

「御上の御威光と俺らの稼いだ金の力で、みんなが笑って暮らせる粋な世の中にするのよ。御上のお触れひとつで、店が潰れて、助にいみてぇに、大商人がひと晩で路頭に迷うなんて、そんな無粋なことのねえ世の中に」

四年前、助五郎が姿を消したときの丈二の落ち込みようを、おまきは思い出した。その後、丈二は狂ったように遊び始めたのだ。それまでは、助五郎と一緒に居るのが嬉しくて、吉原通いをしていたようなところがあったが……。

「丈二、あんた、もしかして、助にいに会えるかと思って、吉原に通っていたの？」

「……それぱっかりじゃ、ねえけどよ」

丈二はふてくされたように、おまきから目をそらした。

「助にいのところが、札差株を売っちまったって聞いたとき、俺は腹が立ったよ。どうして堪えてくれなかったんだ、ってよ。俺たちの夢はどうなっちまうんだって。あのとき、俺は、なにがあっても、店をつぶさねえと決めたんだ。札差株は売らねえ。親父のときより、店を大きくしてみせる。そして、俺ひとりでも、世の中を変えてやる」

三

助五郎とばったり出くわした、と聞いて、いつも無表情なお亀の眉が、ぴくりと動いた。かなり驚いたのである。

「まあ、お元気で、それはようございました。あの当時、若松屋さんは大変でございましたからねえ」

「そうだったの」

「借財がかさんで、にっちもさっちもいかなくなったそうで……夜逃げ同然でございましたねえ」

「おとっつぁんや札差仲間は、どうにもしてあげられなかったのかしら」

「はい。勿論、旦那様も手を尽くしなさいましたが、最後には若松屋の御主人が、諦めてしまわれたそうで……商人というものは時には鬼にならなきゃいけないが、若松屋さんにはそれが出来なかったのだな、と旦那様が仰っていたことがございます」

若松屋の主人も、助五郎によく似た世話好きで面倒見のいい男であった。

「いいひとが苦労する世の中なんて、いやだわ」

「お嬢様、勘違いなさっちゃいけません。ひとでなしが偉いというわけじゃございませんよ。でも世の中には、かけて良い情と、かけずにおくが良い情とがございます。どちらも良く似ておりますから、見極めが肝心でございます。そこのところをしくじると、酷い目に遭うのでございます」

「見極めねえ」

「百戦錬磨の大商人でも、しくじることはございます。そこが商いの怖いところでございます」

蔵前の札差に奉公して二十年といっても、奥向きのことにしか、かかわってこなかったはずなのに、お亀は大仰に腕組みをして、まるで大商人の隠居のようなことを言う。

「お嬢様、お茶をおいれしましょうね。お饅頭がございますよ」

「食べたくないの。またにするわ」

すると、お亀の四角い顔がわずかに曇った。

「お嬢様、まさか、また助五郎さんと会う約束をなさったんじゃございませんよね」

「したわよ。あの目で見つめられると、いやって言えないのよね」

おまきは、助五郎の絡めとるような視線を思い出して、また胸が熱くなった。

昔から、いい男だとは思っていたが、こんなふうに助五郎を意識したのは初めてである。男が憧れる男。女が参って当然である。助五郎にまた会える、そう思うだけで、胸が蓋がるようで、饅頭など食べられたものではない。

もしかして、この気持ちは……。

お亀がなおも探るように続けた。

「助五郎さんは、川向うの吉田町にお住まいと仰いましたか」

「そう」

「……あまり深入りなさらないほうがよろしゅうございます」

「あら、どうして」

「あのあたりは、あまりよろしくない輩が多うございます」

「いやだ、お亀ったら。助にいとは長い付き合いじゃない」

「四年も経てば、ひとは変わります。今はどのようなご商売をなさっているのですか。身なりはどんなでしたか」

「それは……」

おまきは、助五郎の崩れた身なりを思い出して、口ごもった。堅気の商人にはとても見えなかった。

しかし、頬に流れたひと粒の涙は本物であった。どれだけ外見が変わっても、助五郎の性根が変わったとは思えない。

なによりも、止められても禁じられても、おまきは、もう一度助五郎に会いたかった。

あの酷薄な頬に流れる涙をぬぐってあげたい。

「どうしてもお会いになると仰るなら、お亀がお供を致します」

その夕刻、約束通り、助五郎は現れた。昨日と同じめくら縞の着物を端折り、どこか後ろめたそうな風情を漂わせていた。

「やあ、お亀さんか。懐かしいな」

「お久しゅうございます」

如才なく話しかける助五郎に対して、お亀は巌のような無表情で答えた。

「俺の知っている店に行こう。融通がきくんだ」

河岸を浅草のほうへ向かって、助五郎が連れて行ったのは、間口の狭い小料理屋であった。勝元、と屋号が薄暗い行灯に書いてある。

「あら、助さん、いらっしゃい」

妙に色の生白い年増の女将が、おまきとお亀に刺すような視線をよこした。

「奥を借りるぜ。こいつら昔の、ちょいとわけありでね」

助五郎がくいと顎をしゃくると、女将は、おまきと丈二を見比べて、安堵したように微笑んだ。

「縁結びかい、助さんらしくもない。遠慮なく使っとくれ」

小座敷に落ち着くと、助五郎とおまきの間に、お亀がでんと座り込んだ。

「どうもやりにくいな……お亀さん、あんたも一杯……」

「お気になさらず。壺かなんぞとお思い下さいませ」

お亀は箸も取らずに、硬い面持ちで居座っている。

「こいつぁ、強力な用心棒だ。おまきには悪い虫がつきようもないな」

「それでもつくのでございます」

「そうか、まあ、いいや」

助五郎は、真っ先に杯を干すと、紅潮した顔を丈二とおまきに向けた。

「長ぇこと心配をかけたが、俺もようよう運が向いてきた。借財もきれいに返した。もうこそこそ隠れるまわることもしなくていい」

「よかったな、兄い」

「それだけじゃねえ。実はな、近いうちに、札差株が買い戻せそうなんだ」

「本当かい、兄い」

「ああ。昨日はその相談でね」

「じゃあ、蔵前で兄いと一緒に商売ができるのかい」

「そういうことになるかな」

「やったな、兄い」

助五郎と丈二とは、子供のように肩を叩き合った。

「聞いたか、まきのうみ。兄いが帰ってくるんだ」

「おめでとうございます」

おまきはお亀を盗み見た。どうだ、助五郎は立派な蔵前札差の主人だ、と言わんばかりに。

「ええー、つきましては、片倉屋さん、伊勢屋さん、新参者でございますが、よろしくお頼み申し上げます」

助五郎がおどけて畏まると、

「やめろよお、水くせぇなあ、兄い。飲んでくれよ。今日は俺のおごりだ」

「うるせぇ、丈二、十年早い。黙って兄貴にごちになれ」

「へい、兄い。まきのうみ、おまえも飲め、硬いこと言うな」

「わたしはお茶をいただきます。でも、本当に、ようございました」

きっちりと膝を揃えて、茶をすするおまきに目をやり、助五郎は微笑んだ。

「思い出すなあ。よその町内と喧嘩になったとき、敵の目を潜り抜けて知らせに来たのがおまきだったな。真面目で一本気で、いざというとき、下手な男よりも頼りになるんだ。それでいて、可愛いところがある。おまえみたいのを嫁さんにすれば、男は幸せだろうに」

「まあ、やだ、もぅ」

「ええっ、こんな不器用な女、俺は御免こうむる」

「うるさい。わたしのほうから願い下げよっ」

「とにかくめでたい。さ、お亀さんも、飲んだ飲んだ」

「丈二坊ちゃん、ご勘弁くださいませ」

「いーからいーから、たまには、にっこりしてくれよぉ、お亀ちゃん」

「ご勘弁くださいませ」

お亀の巌のような無表情はますます硬さを増していく。

丈二がはしゃいでお亀に絡んでいる隙に、おまきの手のひらに、すっとなにかが差し込まれた。

助五郎が、涼しい顔で横を向いたまま、こよりを忍ばせたのである。

なにこれっ。まさか、付文？

「お嬢様、そろそろ」

「あ、え、はっ、ええ。じゃ、そろそろ」

「そうか、またなおまき。本決まりになったら、親父さんに挨拶に行くよ」

助五郎が、おまきの顔に、じっと視線を据えた。まるで甘い錐のようにおまきの胸をえぐる目つきである。

外はひんやり涼しい川風が吹いていたが、おまきの手のひらだけは、焼けたように熱かった。

なにが書いてあるんだろう。やっぱり、あいびきとか……。

「お嬢様」

「は、はいっ」

「どうなさったのですか」

「どどどうもしないわよ」

「それにしても、ようございました。思ったより、助五郎さんは崩れたところがございませんでした。札差の株を買い戻すとなれば、並大抵の苦労ではなかったでしょうが、なかなか見どころがございます」

「でしょ？　そうよ、見どころがあるのよ」

株を買っても、はいそうですかと商売が進むわけではない。苦労はこれからである。蔵前でやっていくには、人脈が欠かせない。札差の娘であるおまきなら、力になれる。助にいを支えてあげたい。

幼なじみで気心の知れた助にいとなら、うまくやっていけるのではないか。兄と妹のような穏やかな恋というのもあるのではないか。

部屋に戻ると、着替えもそこそこに、おまきは暗がりでこよりを開けた。

『明日、子の刻、勝元で』

こよりには、それだけしか書かれていない。

「お嬢様」

「わっ、お亀っ、まだいたの」

「お亀はいつでもおります。なにを読んでらっしゃるのですか」

「へっ？　なにって……なにも読んでないわよ」

「そのお手元の……」

「お手元？　ない、ない、なーんにもない」

「ございますでしょう、ほら、そこに」

お亀が目ざとく、こよりを見つけ、手を伸ばす。おまきはあわててこよりを握りしめた。

「あーこれ？　これのこと？　これはねぇ、ほら、あの、それ、あー……あさがお！」

「……朝顔？」

「そう！　朝顔……の育て方！　わたしったら忘れっぽいから、書いといたのよ。読もうか？　えーと、ひとつ。朝顔は、朝に咲くなり、ゆえに朝顔……」

「お見せなさいまし」

「やっ、やだ、だめっ」

「お見せなさいましっ！」

押し問答の末、とうとうお亀にこよりを取られた。

「……勝元……助五郎さんですね」

「お、お亀、お亀。勿論、行くつもりはなかったのよ。あいびきなんか、わたし、そんなあ……」

「あいびきではございませんでしょう」

「へっ？」

おまきの胸の中でむくむくと膨れていた甘い期待が、破れた紙風船のように萎んだ。

「どういうことなの」

「勝元というと、先ほどの小料理屋ではございませんか。あんな底意地の悪そうな女将のいる店で、堂々とお嬢様とあいびきなさるとは思えません」

「じゃ、なんなの」

「さあ。とにかく、参りましょう。お亀がお供致します」

四

お亀がついてきたのを見て、助五郎は、

「やっぱりな」

と笑った。

「ややこしいことをしちまって、すまねえ。実は、折り入って頼みがあるんだ。丈二には言いにくくってな」

助五郎は心から申し訳なさそうに、膝を揃えておまきとお亀に頭を下げた。

「やめてよ、助にい。水くさい」

助五郎は、他の町内の悪ガキから、丈二やおまきを守ってくれたものである。膝小僧を擦りむいたときは抱きかかえてくれ、犬に追いかけられたときは追っ払ってくれた。町内の兄貴分だったのだ。

その兄貴が窮地のときに、おまきはなにもしてあげられなかった。少しくらいの頼みを聞かなくてなんとしよう。

「頼みって、なんですか」

「実は……俺に代わって、あるひとに会ってきて欲しいんだ」

「丈二じゃダメなの?」

「相手は女だ。野郎より、女が良い」

女。

おまきは、全身から血の気が引くのを感じた。

「でも、口の軽い頭の悪いそこいらの女には頼めないから、困っていたところなんだ。おまき、おまえなら頼りになるから、打ってつけだ。頼まれてくれるか」

「仰る通り、お嬢様には男気がございます」

お亀が大きくうなずいた。

「もう、お亀ったら……で、そのひとは誰なの」

「深川の志乃やって料理屋で仲居をしている女だ」

「失礼ではございますが、助五郎さま」

巌のような険しい面持ちで、お亀がずいと身を乗り出した。

「うちのお嬢様を、そのようないやしい仲居風情のところへ使いに出すなどと、いくら助五郎さまでも、あんまりでございます。よろしければ、このわたしが代わって御用を承りますが」

助五郎は、照れくさそうに鬢をかいた。

「うん、それでもいいんだが……その女とおまきとは、満更知らない仲じゃないんだ。信

「あっ、浅草のそば煎餅《せんべい》」

濃屋のおくみって娘を覚えていないか。ほら、

「あっ」

そば煎餅、と聞いて、おまきの脳裏に、ありありと記憶がよみがえった。

まだおまきが小さい時分に、浅草門前に信濃屋という老舗の菓子屋があった。武家屋敷にも出入りするそこそこの店構えで、饅頭や菓子の他に店先でそば煎餅を売っていた。おまきは、それが大の好物であった。

通い詰めるうちに、信濃屋の娘であったおくみと仲良くなった。三つほど年長のおくみは優しい性分で、おまきを可愛がってくれたのだ。

ところが、信濃屋はあるとき店を畳んで、おくみともそれきりになったのだ。

「おくみさんて、あの信濃屋のお姉ちゃん……」

「信濃屋は夜盗に入られて、それで店を畳むことになったんだ。主人夫婦は病でいけなくなっちまうし、おくみは親戚の志乃やで働き始めた。俺はなんとかして、あいつと夫婦になろうとしたんだが……」

若松屋も店を畳むことになり、それどころではなくなった。

助にいの相手って、おくみ姉ちゃんだったのか。

思い返せば、助五郎が店に行くと、おくみはいつもより口数が少なくなった。助五郎もまた、いつもの調子が出ないらしく、言葉少なに鬢をかいてばかりいた。

きっと、ふたりはあのころから……。

助五郎の照れたような横顔を見ているうちに、おまきはほろ苦い気持ちになった。

「助にい、なにを聞いてくればいいんですか。わたし、そんな事情はちっとも知らなかったんです。助にいの言うおくみさんが、あのそば煎餅のおくみ姉ちゃんなら、わたし、会って話を聞いてもいい」

「すまねえ」

助五郎は、再び深々と頭を下げた。

「あいつが幸せかどうか、それが知りたい」

「……それだけ？」

「出来れば、話を聞いてくれないか。ひとの噂はあてにならねえ。本人に確かめて欲しいんだ。もし、おくみがまだひとりなら、俺はあいつと夫婦になりたいと思う。でも、あいつが幸せなら……」

「身を引くって言うの？」

「……ああ。おまき、頼む。この通りだ」

すっきりと男前の匂うような襟足をあらわに、助五郎は畳に頭を擦りつけた。

数日後。

深川の志乃やは、舟がつけられる料理屋である。夕刻からは、芸者が入ってにぎやかになるが、おまきが訪ねた昼下がり、客もおらず、仲居たちものんびりと立ち話をしていた。

「お嬢様より三つ年上となると……」

「二十六ね」

「年増でございますね。まだお独りのようでございますが。それにしても、よくよくお嬢様は、頼みごとをされやすい性分でございますね」

「人の恋路を取り持っている場合じゃないのにね」

「まったくでございます」

小部屋におくみを呼び出してもらうと、まもなく、小柄で二十歳ばかりにしか見えない女が入ってきた。

「あらまあ、あなた、おまきちゃん？　おまきちゃんなの？　大きくなって……」

色白で目が細く、おちょぼ口のおくみは、とても二十六の年増には見えなかった。

「突然お邪魔してしまって、申し訳ございません。お懐かしゅうございます」

「いいのよ。まあおまきちゃん、すっかりきれいになったのね」

おくみの優しい声音はちっとも変わっていなかった。ふたりはたちまち、三つ違いの小さな少女のころに戻った。

「懐かしいわねえ。あなた、いつもうちのそば煎餅両手に持って、にこにこ笑っていたのよね。ふふふ、そのまま走り出して、転んで鼻の頭を擦りむいて……」

「おくみ姉ちゃんが手当てをしてくれました。覚えています」

おまきにとっておくみは、いつでも心置きなく甘えられる姉のような存在であった。

昔話に花が咲き、おまきはお亀につつかれて、ようやく用事を思い出した。

「あの、今日おたずねしたのは……」

「なにかご用があるのね」

皆まで言わずとも、おくみは事情を飲みこんだ。

「蔵前札差のお嬢様がわざわざお越しとは、昔話をしにきただけではないのでしょう」

「はい。実は、助五郎兄ちゃんのことで……」

「助五郎さん？」

すると、おくみの満面に咲いていた笑顔が、鎧戸を閉めたように引っ込んだ。優しく歌うようだった声音も、ぴんと張った氷のように冷たくなった。

「あのひと、四年前に、なにも言わずにいなくなったんです。それきりです。今までも、あのひとの行方を聞きに、借金取りや怪しげな男が幾人も訪ねてきましたが、わたしはなにも存じません」

「そうじゃないんです。助にいちゃん、帰ってきたんです」

「えっ」

おくみが息を呑んだ。

「苦労して、借金返して、とうとう札差株を買うことが出来るようになったんです。助にいちゃん、また、蔵前に店を構えるんです」

「……」

「それで、おくみさんはどうなさっているかと……」

「お帰り下さい！」

叫ぶようにそう言うと、おくみはすくと立ち上がった。それまでの柔らかな笑顔はどこへやら、冷たい表情に、おまきは言葉を失った。

「ごめんなさいね、おまきちゃん。あなたにはなんの恨みもないの。でもね、あのひとは、四年前に縁が切れたのよ。今更どうこうするつもりはないわ」

「でも、助にいには助にいの……」

「わたし、縁談があるの」

「えっ」

「伯母が進めてくれているの。じきに祝言を挙げるわ。ですから、お帰り下さい」

それきり、おくみはくるりと背を向けた。

「おまきちゃん、会えてうれしかったわ……」

やっとそれだけ、絞り出したおくみの声は涙声であった。

五

「とんだ使いでございましたねえ」

「これじゃ、助にいになんて言ったらいいか……」

「そのままを申し上げるしか、仕様がないじゃございませんか」

「そのままなんて、言えるもんですか。子供の使いじゃあるまいし」

そしておまきは、十個目の饅頭を口に押し込んだ。お亀はそれを見計らい、大きな湯呑みに茶を満たす。

「そもそも、お嬢様は、助五郎さんを憎からずお思いになっているのですから、この際、恋敵の退場は、喜ばしいことではございませんか」

「なによ、おくみ姉ちゃんは駄目だから、わたしをおかみさんにしてくれろ、とでも言うの？」

「助五郎さんは満更でもないんじゃございませんか。実家は伊勢屋で、その上美人で男気に溢れている娘なんて、なかなかおりません。年回りも丁度ようございます」

「……それじゃ、駄目なのよ」

十一個目を口に放り込み、おまきは深いため息をついた。

「そりゃ、わたしは、助にいに、ちょっとぼうっとなったけど、助にいは、わたしに、おくみ姉ちゃんとのことを取り持ってくれと頼んだのよ。脈がないじゃない。あれを聞いちゃ、さすがのわたしも冷めるわよ」

「ない脈も、探れば出てくる恋の脈、と申します」

「探って出てくる恋なんて、恋じゃない」

本当に、この世でたったひとりの相手だと思うなら、出会った瞬間、わかるはず。そして、もう二度と忘れることなんかできない。

光る君と出会った時のように。

おまきは勢いよく、十二個目の饅頭をほおばって言った。

「ははひほほひは……」

「は？　背中がかいい？　お亀がかいて差し上げま……」

おまきはお亀をにらみつけ、饅頭を呑み下して言った。

「……だからぁ、わたしの恋は、今度ばかりは、始まる前に終わっちゃったみたい……そう言いたかったのよ」

「お嬢様……」

菓子器の饅頭を平らげて、おまきは茶を飲み干した。

「それにしても、あれがおくみ姉ちゃんの本心かしら」

背中を向けたおくみの肩は、小刻みに震えていた。

「聞くところによりますと、おくみさんは、ずっと縁談をしぶっていたそうでございますからねえ。それを急に進めようだなんて、女心は複雑でございます」

例によって、おまきとお亀は、志乃やの女中たちに話を聞いたのだ。

「助にいも助にいよね。夫婦になりたいなら、様子見なんかしないで、自分で行きゃいいのよ」

「男の方というのは、女よりよっぽど、臆病なものでございます。事情があったとはいえ、四年も経って直接聞くのが、怖かったのでございましょう」

「大の男が」

「大の男だから、見栄があるのでございます」

「ふうん」

いつもながら、お亀はわかったようなことを言う。

「とにかく、助にいにおくみ姉ちゃんの縁談のことを知らせなきゃ。ぼやぼやしないで、自分で行って聞いてきなさいって、尻を叩くの」

「さすがお嬢様。男らしゅうございます」

「嬉しくない」

日暮れ前に、おまきはお亀と連れだって勝元に行った。

ところが、待てど暮らせど助五郎が来ない。

「おかしいわね。確かに、前と同じ場所、同じ刻限にって知らせたわよね」

更に半刻ばかり待って、そろそろ引き上げようとした時だった。

入り口の引き戸が、ががらと勢いよく開く音がした。

「助五郎さん、来てませんか」

「助さんなら、まだだけど、お連れさんなら……」

おまきが襖を開けると、丈二が、血相変えて立っていた。

「おまき、おまえどうして」

「丈二、あんたこそ」

「助にいの連れって、おまえのことか。おい、助にいはどこだ」

「それが、ここで待ち合わせたんだけど、刻限を過ぎても来ないのよ」

「待ち合わせって、おまえ、俺に黙って助にいとふたりで会ってたのか」

「ふたりじゃないわよ、これにはわけが……」

「まあいい。そんなことはあとだ。おまえ、本当に、助にいの居場所を知らないのか」

「ええ。どうかしたの」

「札差株を買う話、あれ、駄目になったんだ」

「えっ」

「騙されたんだよ、助にいは。仲に入った奴ってのが、悪党で、助にいから金を巻き上げて、逃げやがった」

「あんた、どうして……」

「蛇の道は蛇だよ。俺、心配になって、吉田町に行ったんだが、家はもぬけの殻だ。思い当るところは捜したが、どこにもいない」

助五郎は血のにじむような思いで金をためたはずだった。借財も返し、これからやっとまともな暮らしができるはずだった。それが一瞬にして、おじゃんになったのだ。

「どうしよう、丈二。まさか、助にい……」

丈二とおまきは、顔を見合わせた。

「おとっつぁんに知らせよう」

「おう」

駆け出そうとするふたりの前に、お亀が立ちふさがった。

「お亀に心当たりがございます。通り道ですから、寄って参りましょう」

お亀の毅然とした言い様に、気を呑まれるようにして、ふたりは後についていった。

御厩河岸は闇に沈んでいた。

ほととぎすが一声鳴いた。

その声につられるように、河岸にしゃがみ込んでいた影が、ついと顔を上げた。

「助にい！」

「兄貴っ！」

おまきたちが駆け寄ると、助五郎は顔を上げ、薄く笑った。

「なんだ、おめえら、こんなところまで……ははは、ここは蔵前札差のお膝元だったな。俺には、もう縁がないが……丈二、すまねえ、俺はしくじっちまったんだ。一緒に世の中を変えるなんざ、夢のまた夢だ……」

「そんなことねえよ、助にい」

「……博打の金なんだ」

助五郎がつぶやいた。

「札差株を買おうとしていた金は、博打で稼いだ金なんだ。悪銭身に付かずとはこのことだ。あぶく銭だったんだよ。額に汗した金じゃねえ。結句、俺はろくでなしさ」

「兄い……」

丈二は泣きそうな顔をして黙ってしまった。

「助にいちゃん」

「ああ、おまき。すまなかったな。面倒なことを頼んじまって」

「いいんです。そんなことより、助にい、大変です。おくみさん、縁談があるって言ってました」

「……そうか……そりゃ、良かった。先走っておかしな真似をしなくて正解だよ。あいつには俺なんか、似合わねえ」

「でも、おくみさん、泣いていたのよ。縁談だって、ずっと渋っていたのよ。助にいのこと、ずっと待っていたのよ。でなきゃ、とっくにお嫁に行っているわ」

「それでいいんだ。札差株はおじゃんになった。俺なんか、もう待ってちゃいけねえ」

「助にいの馬鹿っ！」

おまきが突然、黄八丈の袖を、思いきり助五郎の額に叩きつけた。

「いてっ、なにすんだ」

「馬鹿っ、札差がそんなに偉いの？」

「そ、そりゃあ」

「札差じゃなきゃ、世の中を変えられないっての？　他の商売じゃ、どうしていけないのよっ。もう借財もないんだから、小さくてもまっとうな商売を始めればいいじゃない。片倉屋だって、伊勢屋だって、力を貸すわよ。それで胸を張って、おくみさんを迎えに行けばいいじゃない。四年経っても忘れられないほど、好きなんでしょう？」

「……ああ」

「おくみさんだって、助にいを待ってたからこそ、今でもひとりなんじゃない。それなのに、格好つけて、元の札差に戻らなきゃ迎えに行けないなんて、おくみさんが可哀想すぎますっ」

「……だけど、おまきよう、恰好つけたいじゃねえか。あいつの前では、弱音は吐けねえ。男ってのは、そういうもんだ」

助五郎の頬に、一筋、涙が光った。堪えて堪えてとうとうこぼれた涙であった。

「好きな女のひとりも幸せに出来なくて、なにが世の中を変える、よっ！」

「おまき……」

助五郎と丈二は、おまきの剣幕に言葉を失ったようだった。

おまきは、助五郎の袖をぐいと引っ張った。

「お、おまき、どこへ行くんだ」

「船頭さあん、舟っ、舟を回してっ」

「へい、どちらまで」

「深川に行くんだからーっ。丈二、あんたはお亀と一緒に、一旦うちに帰って。遅くなって、おとっつぁんやおっかさんが心配してるだろうから。それからすぐに、わたしを迎えに来てよ。深川の志乃やまで。さ、早く行ってっ」

「あ、ああ」

丈二は気圧されたように、後ろを振り向き振り向き、お亀と連れだって米蔵の向こうへ消えていった。

「行くわよ、助にい」

おまきは、有無を言わさず、助五郎とふたりで屋根船に乗り込んだ。

舟に乗ってしまうと、おまきと助五郎の間に奇妙な沈黙が落ちた。

よく考えたら、男の人とふたりきりで屋根船に乗るなんて、初めて。

ちゃぷちゃぷと川浪が船べりを叩く。岸辺の明かりが揺れて動いていく。

「おまき」

「はいっ」

「おまえって、良い女だな」

助五郎がしみじみとつぶやいた。

「やだ、助にいっ。こんなところで、そういうこと言うと、まるで口説いてるみたいじゃない。はははは」

「俺がおまえを？　口説けるもんなら口説きたいがなあ」

「へっ？」

ひょっとして、脈があったの？　それをわたしが、見逃しただけ？

「丈二の手前、それはご法度だ」

「はっ？」

「丈二だよ。あいつ、おまえに惚れてるだろう。もうずっと昔から、俺がお前らのおむつを替えてやってたころから、丈二はおまき一筋じゃねえか。まさか、弟分の何十年来の思い人を、口説くわけにはいかねえ。おまえこそ、いつまでも待たせてないで、少しはいい顔してやれよ」

「……えっ？」

「まさか、おまえ、知らなかったの？　丈二ってやつは、ああ見えて、臆病なんだな。ほら、お前、光る君だとかなんとか、憧れてる男がいるんだろう？　どこの誰ともわからない野郎のことをよぉ。丈二は、それが辛ぇんだ。おまえの中に、いつも他の男がいる。その幻みたいな男を向こうに回して、おまえを振り向かせる自信もない。おまえを諦めたくて、他の女と遊んだこともあったなあ」

「……」

「でも、駄目だったと言ってたよ。だから、俺は言ったよ。当たって砕けろ、幼なじみなんだから、打ち明ければいいじゃねえか。案外、とんとんと話が進むかもしれねえ、とな。そしたら、あいつ、男のくせに、泣きやがった」

泣いた？　あの丈二が？

「もしおまきと祝言を挙げたとしても、おまきが他の男を思いながら俺と一緒に居るなんて耐えられない。俺はとてもそんな器量の大きい男じゃない。きっと俺は嫉妬で死んじまう、ってな」

「……」

まるで、なにかにからかわれているようだった。

丈二が？　まさか。だって、憎まれ口ばっかり叩いているじゃない。好きな女に対する態度じゃないじゃない。おまきの目の前で若い娘に鼻の下伸ばしていたじゃない。

だけど。

もしかして、嫁取りの話って……。

「おまき、着いたぞ」

「あ、ええ」

「な、考えといてやれよ。幻みたいな男なんざ、きれいさっぱり忘れちまってよ」

「……」

波立つ心を抑えて志乃やにたどりつくと、ちょうどおくみが客を送って店先に出てきたところだった。

笑顔で客を送り出し、きびすを返そうとしたおくみが、こおりついたように動きを止めた。

おくみの視線の先に助五郎がいた。

吸いつけられるようにおくみは助五郎を見つめていた。

そして助五郎も、おくみをじっと見つめていた。

ふたりは、他のなにも目に入らないかのように、見つめあっていたのであった。

「助にい、さあ、行って。言いたいこと、みんな言っちゃうのよ」

おまきが助五郎の背中を押した。

助五郎とおくみは、まるで十代の少年と少女のように、ただ見つめあって、でくのように立っていた。

「あんた……」

おくみが口を開いた。咎めるような口調の奥に、優しさがにじんでいた。

思い切ったように助五郎が告げた。

「すまねえ、おくみ。札差株は駄目になった。俺は、別の商売を始める。担ぎの行商か、間口の狭い古着屋の親父か、どうなるかわからねえ。もう俺は、蔵前の若旦那じゃねえ。ちっとも恰好よくなんかねえ。おめえがよそに嫁に行くってんなら、止めねえよ。だけど、もしも、少しでも、俺に気持ちが残っているなら、俺と夫婦になっちゃくれねえか」

「……」

「なあ、頼むよ」

「……どうして、もっと早く迎えに来てくれなかったの」

硬い口調でおくみが言った。

「それは、暮らしのめどが立たないうちは、来られなかったんだ」

「もう遅いわよ。もう縁談が進んでいるんだもの」

「……そうか」

「……とめてよ」

「えっ？」

「わたしが好きなら、縁談なんかとめてよ。嫁になんか行くなって言ってよ。無理にでもさらってよ！　どうして、四年前に、一緒に連れて行ってくれなかったのよ。あんたとなら、どんな苦労だってする覚悟だったのに……」

「だけど、おくみ、おめぇ」

「助五郎さん、わたし、格好いいあんたが好きだよ。大好き。でも、弱いあんたも好きだよ。ずるいあんたも、意気地のないあんたも、みんな好き。あたし、あんたが好きなんだもん」

助五郎の頬を、涙が一筋、伝った。おくみが優しく背中を撫でている。

「あんた、泣くことないじゃないか」

「うるせぇ、嬉し涙だよ」

悲しくても、嬉しくても、涙はひとつ。

でも、なぜだろう。嬉し涙は美しい。

「おーい、まきのうみー、迎えに来たぞー」

助五郎を志乃やに残して、おまきは、丈二とお亀の待つ舟に乗った。

助五郎の話を思い出すと、丈二の顔がまともに見られない。

「どうしたんだ、おまえ、大人しいな。ははん、失恋の痛手か」

「……」

「おいおい、本当に大丈夫か」

「お嬢様はお腹がすいているのでしょう」

「それとも眠いのか」

「もうっ、子供じゃないのよっ」

三人が黙ると、船べりを叩く波音が妙に高くなった。

「丈二、あの、あんたの嫁取りの話だけど」

「ああ。そろそろ俺も、年貢の納めどきだ。明日、話の続きをしに行くよ」

「……」

舟が岸につき、丈二と別れると、どっと疲れが押し寄せた。

「あーあ、お腹空いた……」

肩を回しながら中庭を見ると、蔓をぴんと張って、大きな蕾をいくつもつけた朝顔の鉢が見えた。

「朝顔！　どうしたの、これ」

「お嬢様がお留守のときに、丈二坊ちゃんがお持ちになったそうでございます。明日の朝には、きれいな花が咲くそうでございます」

「丈二が」

「なにか召し上がりますか」

「……いい。やっぱり、欲しくない」

暗がりに、朝顔の蕾がほの白い。

なんだか胸が蓋がるようで、おまきはなにも食べたくなかった。

第四話　舟人《ふなびと》

＊

おまきちゃんの様子がおかしい。

夜明けとともに起き出したかと思うと、大変な勢いでどたばたと庭に飛び出していった。

あまりの騒ぎにのぞいてみると、おまきちゃんは朝顔の鉢を抱えて、庭先をうろうろしていた。おまきちゃんが枯らしてしまった鉢とは違う、見事な花をつけた朝顔である。どうしたのだろう。

「おまきちゃん……」

わたしがうしろから声をかけると、おまきちゃんは飛び上がった。

「ひゃっ、なんだ、おあやかぁ」

まるで、逃げる途中でとっつかまった空き巣みたいなうろたえようだ。

「なにやってんの、朝っぱらから、騒々しい」

「なにって、なにも」

「うろうろしてるじゃない、朝顔の鉢なんか持って。それ、どうしたの？」

「それって、これ？　こここの鉢は……いいじゃないの、どうでも」

「だからなにやってんのよ、あやしい」

おまきちゃんの目が落ち着きなく泳ぎ出した。ますますうろたえている。

「あああ、怪しくなんかないって。あああ朝顔の……」

「朝顔の？」

「あ……ま……舞い」

「舞い？」

「そう！　それ。それよ。朝顔の舞いのお稽古。今度ね、寄合で踊りを披露しようかなって」

おまきちゃんは、やおら、朝顔の鉢を上にあげたり、下にさげたり、くるりと回って「はっ！」と掛け声をかけてみたり、という世にも珍妙な踊りを始めた。

「……なにそれ。やめたほうがいいと思うよ」

「そうかな……」

おまきちゃんは、すり足で振り向こうとしたが、尻を突き出し、固まってしまった。腰の引けた新米力士の土俵入りみたいな、妙な角度の中腰である。

「あ、あいたたた……足った……た、助けて……」

「だぁから、言わんこっちゃない」

歌舞音曲はおしなべて不得手のくせに、なにを血迷ったのか。

「大概にしないと、体壊すよ。もう若くないんだからさ。さてと、もうひと寝入りしようっと。おやすみー」

「あ、おあや、ちょっと……あいた、あいたたた、お尻つった……」

わたしは馬鹿らしくなり、もう一度布団にもぐりこんだ。

うとうとして目が覚めると、日が高くなっていた。

そろそろ起きなきゃ。朝ご飯が片づかないとおっかさんの機嫌が悪くなるし、お稽古にも行かなきゃならない。

わたしはまだ体中に眠気を張りつかせたまま、布団からにじり出た。夏と言えども近ごろは、朝晩涼しくなってきたから寝坊もしやすい。

あくびをしながら、なんの気なしに庭を見ると、おまきちゃんが、ぬっと立っていた。

朝顔の鉢を前にして。

ずっとここに居たのだろうか。

「なにやってんの」

おまきちゃんは、またもや、わかりやすく飛び上がった。

「げっ、おあや。だから……舞いだって。朝顔の……」

「だから、やめたほうがいいって。朝ご飯は？」

「食べたくない」

「えーっ、嘘でしょ」

「いいの、今朝は食べたくないの」

ますますおかしい。

いつものようにおっかさんの小言を聞きながらご飯を食べて、部屋に戻ってくると、おまきちゃんはまだ縁側に居て、朝顔の鉢を見ていた。

今度は声をかけずにしばらく見ていたが、おまきちゃんは天を仰いで、はあーっ、と大きなため息をついた。そして、そのまま呆けたように空を見ている。

やっぱりおかしい。

心ここにあらず。まさにその一言に尽きる。

もっとも、おまきちゃんの『心ここにあらず』は、今に始まったことではない。

なにかに一生懸命になると、周りが見えなくなる。

自分の世界に入ってしまう、とでもいうのであろうか。

そのせいで、奇矯な振る舞いをしてしまうときがある。

おまきちゃんは美人だ。

母やわたしのような、可愛い狸顔とは全く違う。母親が違うのだから、無理もないのだけど、もっと小さいころは、家の事情などわからなかったから、わたしはおまきちゃんの垢ぬけた容姿と自分のとを比べて、密かに劣等感を抱いたものだ。

たぶん、亡くなった実の母親に似たのだろう。

色は白いし瓜実顔で、眉は墨を刷いたように額にきれいな弧を描く。目はきりりとして幾分吊り気味のきつい切れ長で、鼻筋は乱れなく通り、唇は花びらの如く柔らかそうな桃色である。髪こそ縮れっ毛だが、首や手足もほっそりとして、立ち姿も美しい。

花にたとえれば、可憐な百合の花。

ただし、香りのない百合の花。

なぜかわからないけれど、おまきちゃんからは、美人特有の匂い立つ感じがしない。ひとつには、おまきちゃんは、媚びない。すなわち、無駄に笑わない。要するに、愛嬌がない。陰気というのではないのだが、頑固で偏屈なところがある。それが、冷たい壁になっているように思う。いつまでも縁談がまとまらないのは、許婚が相次いで不慮の死を遂げたという不運のせいばかりではないのかもしれない。

でも、心根は優しいのである。

小さいころ、わたしが近所の子供にいじめられると、おまきちゃんが鬼の形相でかばってくれた。病で伏せっていると、忙しい母に代わって看病してくれた。耳元で子守唄を歌ってくれた。笑えるほど音痴だったけど。

そういう女らしさに気づく男も、いないわけじゃないんだけど……。

丈二さんは、御用聞きのように、毎日おまきちゃんのご機嫌伺いをする。わたしの勘では、丈二さんは、おまきちゃんに気があるのだ。小さいころからずっとわたしは気がついていた。女はそういうことには鋭い。

なのに、驚くべきことに、肝心のおまきちゃんは、そのことに気がついていないらしい。

普通はすぐにぴんとくるだろう。ああ、このひと、わたしに気があるのね、って、芥子坊主の女の子だって、無頓着ではいられない。

女が男に惚れられて、気がつかないなんて、あり得ない。

そこがおまきちゃんの良いところでもあり、女として、致命的なところでもあるように思う。

丈二さんも可哀想な人だ。けっこういい男なのに。

おまきちゃんは、おまきちゃんの世界で生きている。だから、気がつかないのかもしれない。

おまきちゃんは、おまきちゃんなのだ。

だからわたしは、姉様でもお姉ちゃんでもなく、おまきちゃん、と呼ぶのかもしれない。

それにしても、今朝の『心ここにあらず』は尋常ではない。

いったい、なにがあったのだろう。

雲が出てきて、日が翳った。

おまきちゃんが、怯えた子犬のように、また庭をうろうろし始めた。時折、生垣の向こうをうかがって、なにかを捜しているようにも見える。

「ねえ……」

「だから、舞いだって」

「違うの。お稽古に行くんだけど、お供にお亀を連れて行ってもいい？」

いつも供をさせるお石もお春も、お使いに出ている。

「ええ、いいけど……」

少し考えてから、おまきちゃんはなにか思いついたように目を見開いた。

「そうだ、わたしも行くわ」

「おまきちゃんも、お稽古に行くの？」

「お稽古じゃないわよ。散歩」

「散歩？」

年寄りじゃあるまいし。

お亀がたすきを外しながら、庭に降りてきた。

「おあやお嬢様、お稽古でございましたね。さ、参りましょうか……おや、お嬢様もご一緒で」

「散歩よっ」

おまきちゃんがむきになって、顔を赤らめた。

「さいでございますか」

お亀は涼しい顔である。

「おあやお嬢様、三毛をお持ちしましょうか」

お亀が生真面目な面持ちで、たくましい手を伸ばす。わたしは笑ってかぶりを振った。

「三毛は……いいの。わたしが持ちます。持ちたいの」

三毛とは、お三味線のことである。

お稽古を始めたころ、わたしは自分のお三味線を買って貰えたのが嬉しくて、肌身離さず抱いていた。わたしがあまりにも大事にするものだから、おっかさんがふざけて言った。

『おあやったら、お三味線を猫っ可愛がりして。いっそ名前をつけておあげよ。三弦だから、三毛なんてどう？』

それ以来、家の者はいつの間にか、わたしのお三味線のことを、三毛と呼ぶようになってしまった。三弦を三毛だなんて、悪い冗談みたいだけど、密かにわたしは気に入っている。

持ち慣れた中竿は滑らかな手触りで、わたしの腕に寄り添うようにぴたりと馴染む。歌うような澄んだ高い音色は耳に優しい。時折、なにかの拍子で弦が「ちん」と鳴るとき、三毛が小さなあくびをしたような気さえする。三毛は文字通り、わたしの大切な相棒なのである。

浅草の御師匠さんのところへ行く道すがら、時ならぬ人だかりが出来ていた。

お亀が大きな体を楯にして、おまきちゃんとわたしを背中にかばって言った。

「なにか騒ぎでございます。お嬢様がた、お下がりなさいませ」

おまきちゃんが、お亀の背中から伸び上がって顔を出した。

「なんなの。浅草門前のにぎわいじゃなさそうね……あっ」

「なんでございますか」

「あそこ、片倉屋じゃないの」

確かに、人だかりの向こうは片倉屋さんの店先である。奥では主人や奉公人と並んで、丈二さんの困ったような顔が見えた。

「お嬢様、お戻りくださいませ」

「そういうわけにはいかないわ」

「あ、お嬢様」

お亀の止めるのも聞かずに、おまきちゃんはずんずん進んで行った。わたしもつられて、おまきちゃんの後に続いた。

丈二さんが気づいて、こちらを見た。おまきちゃんと目が合ったようである。ふたりは小さくうなずきあった。

阿吽の呼吸。

やっぱり、このふたり、夫婦になればいいんだわ。おまきちゃんは賢いししっかりしている。丈二さんは、少し頼りないところがあるから、おまきちゃんがお嫁になれば、片倉屋さんだって安泰だ。商売をやるなら、夫婦は惚れた腫れたの前に、相棒でなくちゃならない。

そう、うちのおとっつぁんとおっかさんみたいに。

真面目だけど融通のきかないおとっつぁんと、融通のききすぎるおっかさん。奥と表を車の両輪みたいに動かして、伊勢屋は丸く収まっている。ふたりは仲が悪いわけじゃないけど、仲が良すぎるわけでもない。さっぱりしたものである。

夫婦なんて、それでいい。

それなのに、おまきちゃんたら二十三にもなって、いつまでも寝惚けたことを言っている。

恋したひとと添いたいなんて。

恋は幻。そんな頼りないものに一生を託すなんて、恐ろしくて、わたしにはとても出来ない。

自信がないのかもしれない。

わたしは、おまきちゃんみたいに美人でもなければ賢くもない。いざとなったら、おまきちゃんは、ひとりでも生きていけそうである。なぜか立ち消えになってしまったが、御殿で奉公をすれば、御老女くらいまでは出世できるのではないか。当主のお手がつくかもしれないし、ひょんな良縁に恵まれるかもしれない。おまきちゃんが男なら、宗太郎よりもよほど跡継ぎに向いている。

でも、わたしは違う。今は若くて可愛いからちやほやされるけれど、あと五年もしたら、誰も見向きもしなくなるだろう。

だから、せいぜいお稽古に精を出し、御殿の伯母様の引きを頼りに御屋敷奉公をして、箔をつけたら、条件のいいところへなるべく早くお嫁に行くのだ。子供を産んで、家業を支え、そこそこの一生を送る。わたしにだって、それくらいのことは出来ると思う。

恋に恋している暇なんか、ないのだ。

片倉屋のおじさんが何事かささやいて、丈二さんが奥へ引っ込んだ。おまきちゃんとわたしは人波に押し出されるように前へ出た。

「ちょっと、お亀、あれ、なにかしら」

おまきちゃんが怪訝そうに足を止めた。

「お気をつけなさいませ、お嬢様がた」

お亀がいつの間にか背中に回り、おまきちゃんとわたしを守ってくれていた。

店前に、腰に両刀をたばさんだ侍が、どっかとあぐらをかいていた。こちらから、微動だにせぬ背中が見えた。てこでも動かぬ、という体である。片倉屋さんが、明らかに迷惑そうな面持ちで、しきりに侍をなだめていた。

座り込みか。

昨今、武士の窮乏は目に余るものがある、とは、おとっつあんの言である。お江戸御城下のお武家様は、御上の扶持米で暮らしている。すなわち、お米をお金に替えるのだが、それをやるのが蔵前札差である。ところが、米安であったり、物入りが続けば、蔵米だけでは足りなくなる。お武家さまは、何年も先の蔵米をかたに札差に借金を頼みに来る。札差だって、無尽蔵に貸してばかりもいられないが、お武家様も必死なのだ。挙句に、刀を抜いたり、こうして座り込みに及ぶことがある。

侍が地面に手をついた。遠巻きにした野次馬は、固唾を呑んで見守っている。

「頼む、この通りだ。長い付き合いではないか。そうかたいことを言わず、今度だけ、都合してくれ。返す当てはあるのだ。頼む」

くぐもった声で、侍は頭を下げ続ける。

「篠田様、お手をお上げくださいませ。そうは仰られても、これ以上は……」

「だから、頼むというておるではないか。恥をかかせるつもりか」

「無体なことを申されますな。お武家様ともあろうお方が、強請《ゆすり》たかりのような真似を……」

「なんだと、強請たかりと申すか」

侍の声音が険を帯びた。片倉屋さんは、あくまで低姿勢である。

「いえ、わたしはそのようなつもりは毛頭ございません」

「若輩とあなどるか。無頼でも物乞いでもないぞ。金を強請るのではない。貸してくれと申しておるのだ。進退窮まって、こうして頼んでいるのではないか」

「ですから、それはもう」

「どうでも貸さぬというのか」

「定吉、源太、篠田様にお帰りいただきなさい」

すっかり手を焼いたらしい片倉屋さんが指図して、小僧と手代がふたりがかりで、侍を立ち上がらせようとした。

「ええい、放せっ！　無礼者っ」

侍が、小僧の手を振り払い、すくと立ち上がった。大きな背中が視界を遮った。座っていたときはわからなかったが、かなりの上背がある。奉公人たちは気圧されて、よろけるように二、三歩後ずさった。

武士が腰の刀に手をかけた。野次馬がどよめいた。しかし、武士は刀を抜くどころか、二本の刀を腰から外すと、無造作に地面に打っちゃった。再び、周りがどよめいた。刀は武士の魂ではないか。それをあのようにぞんざいに扱うなんて。いったいどういうつもりなのか……。

侍が振り向いた。

射るような二つの瞳が、あたりを不敵に睥睨《へいげい》した。

落ち着いた声音とは裏腹に、存外に若い。二十歳を超えてはいないかもしれない。濃すぎるほどのくっきりとした眉の下に、これも濃すぎるほどの睫毛に覆われた切れ長の目が、刃物のようにきらめいていた。月代も青々と清々しい。粗末ではあるが、小ざっぱりとした身なりである。

侍と目が合った。瞬間、まずい、と思ったが、射すくめられたかのように、もう体が動かなかった。気づいたときには、侍が目の前に居た。

「娘、暫し拝借致す」

「えっ、あ、あの……」

有無を言わさず、若い侍は、わたしの手からお三味線を取り上げた。

三毛が。

覆い袋だけ返してよこすと、侍は、慣れた手つきで三毛を抱き、おもむろに懐から撥を取り出したかと思うと、ひとつ、しゃん、とかき鳴らした。

「おお」

どこからともなく、どよめきが起こり、ただちに鎮まった。撥のひとかきで、侍は周囲一帯の耳目を釘付けにしたのである。続いて侍は、吉原のすががきよろしく、細かく撥を動かしつつ、おもむろに声を張り上げた。

「新《あら》たまぁの〜、年の初めに生まれおちぃ〜、九重のぉ〜幸に恵まれたまえぇとぉ〜、ついたその名が、新九郎ぉ〜、なんの因果か金貸しにぃ〜、袖にされたか、新九郎〜、辛苦、辛苦の新九郎、辛し苦しのサダメじゃないか、辛し苦しのサダメじゃないか、どうせ袖にされるなら、太夫の袖がいいじゃないか」

辛苦、辛苦の新九郎〜……。

野次馬が、わっとばかりにどよめいた。ついで、拍手と喝采が、時ならぬ芝居小屋のようにあたりを埋め尽くした。

見事な喉、それに撥さばき。

何事かと更に人が集まって来た。片倉屋さんが、苦虫を嚙み潰したような顔で、侍に駆け寄ると、懐になにかを押し込んだ。きっと金に違いない。この侍……篠田様を、とにかく追い払いたいのだ。刃傷沙汰も困るが、店先で侍に戯れ歌を歌われるのも迷惑至極である。これ以上やられると、騒ぎを起こしたかどで、篠田様だけでなく、片倉屋さんまでお咎めを受けかねない。

「かたじけない」

篠田様は、片倉屋さんに向かって小さくうなずくと、もう用はないとばかりに身をひるがえし、瞬く間に雑踏に紛れてしまった。

「あっ、三毛が」

篠田様は、あろうことか両刀を打っちゃったまま、三毛を抱いて行ってしまったのだ。

「おあやお嬢様」

「おあや」

わたしは、おまきちゃんとお亀を突き飛ばし、見捨てられた両刀を拾い上げた。

御刀って、案外軽いのね。

わたしは両刀を抱えて、篠田様のあとを追った。

「お侍様、お待ちくださいませ」

やっと追いつくと、篠田様は、今はじめて気がついたように、己が手の内の三毛と私が持つ両刀とを見比べて、「あっ」と叫んだ。

わたしは、夢中で言い募った。

「三毛をお返しくださいっ」

「三毛？」

しまった。

「もしかして、三味線のことか」

「……はい」

「三味線に、名をつけているのか？　三毛と？」

「……はい」

険しかった篠田様の顔が、一息に笑み崩れた。武家らしい厳しさが吹き飛んで、少年のようなあどけなさが顔を出した。

「おかしな娘だ……三毛か……すまなかった。あまりにも手に馴染んでしまったものだから、つい、持っているのを忘れてしまった。良い中竿だ」

「あの、素晴らしいお声でございました。撥さばきも」

篠田様の色白の頬が赤らんだ。口をすぼめて、なにか言いかけたが、わたしとまっすぐに目が合うと、恐ろしい物でも見たかのように下を向いてしまった。

「かたじけない。おかげで助かった。どうしようかと思案していたところ、そなたの中竿が目に入り、一か八かで侍らしからぬ真似をしてしまった。刀を抜くわけにもいかぬゆえ……」

早口で言うと、篠田様は両刀と引き換えに、三毛をわたしに押しつけた。

篠田様が握っていたせいか、三毛は熱を持っていた。

篠田様がわたしを見ていた。なにか言いたそうに、口を半開きにして。

わたしも、もっとなにか話したかった。お三味線のこととか、お稽古のこととか、先ほどの頓狂なお歌のこととか……。でも、喉が蓋がったようで声が出ない。

「娘、名はなんという」

篠田様のよく響く声がわたしの耳朶を撫でた。飛びつくようにわたしは答えた。

「あやと申します。伊勢屋宗助が娘、あやでございます」

「札差の……」

篠田様は、にわかに己の役目を思い出したかのように、金の包みが収まっているだろう懐に手をかけて、一歩、後ずさった。

「厄介をかけた。御免」

「あ……」

速やかに踵を返した篠田様の背中が遠のいていく。三毛の温みだけが、わたしの手の中で、生き物のように息づいている。

篠田様の両刀と、わたしの三毛と。

ふたつを取り交わしたとき、わたしたちは、なにか他の温かな物も同時に取り交わしたかのようであった。

まだ野次馬が騒いでいるかもしれない、と訝るお亀に従い、お稽古はやめにして、おまきちゃんとわたしは家に戻った。

「おあや、大事ない？」

「ああ、うん」

気遣ってくれるおまきちゃんに背を向けて、わたしは三毛を抱いて部屋に入った。

体中がざわざわしている。今にも叫び出したくなるほど、胸が苦しい。どうしちゃったんだろう、わたし。

まもなく、丈二さんが訪ねてきたようだった。

「よお、まきのうみ」

「あ、丈二……あの、朝顔、ありがとう」

「ああ、いいんだ……あのな、その、朝からあんなことがあって、うちもばたばたしちまって、それで、例の相談は、またあとでゆっくり」

「あ、うん。またあとでね」

例の相談？

ふたりのやりとりが、なんとなくよそよそしい。奥歯に物が挟まったような……。

「……おあやちゃんは？」

「奥。疲れたんじゃない」

わたしの話になると、ふたりともなんだか急にほっとしたように、歯切れがよくなった。

「そりゃ、疲れるだろう。三弦侍に大事な三味線奪われちまって」

三弦侍？　篠田様のことだろうか。

篠田様。

その名を耳にしたとたん、なぜだろう、震えるほど体が熱くなる。わたしは、耳をそばだてた。

「あの三弦は、おあやちゃんが大事にしていたやつだろう？　血相変えてすっとんでいったもんな、侍の刀ひっつかんで」

「ええ、あの子にしちゃ素早かったわ。それにしても、片倉屋さんも災難だったわね。結局、お金貸したんでしょう」

「返ってくる当てはないが、騒ぎになるよりましだ。札差のサダメだな。辛し苦しのサダメじゃないか……って、あいつ、出鱈目にしちゃ名調子だったな。流行るぞ、あれは」

確かに、帰り道でも、辛苦、辛苦の新九郎〜、と野次馬があちらこちらで、口ずさんでいた。

「あのお侍、なんなの？　歌も三弦も玄人《くろうと》はだしじゃないの」

「篠田新九郎様だ。篠田家は片倉屋の昔からの札旦那でね、お父上の代から小普請組の貧乏侍、すなわち、借金まみれ。新九郎様は御次男でね、兄上の釆女《うねめ》様というのが、どうやら今度、なにかのお役に付けそうなんだ。それで、急遽、軍資金を調達に来たらしい」

「御役に付くにも付け届けが物を言うのね」

「篠田家じゃ、釆女様がお役につけるかつけないかが、正念場らしい。それで、弟君が資金調達に駆り出されたんだろう。新九郎さまは妾腹なんだ。御母上は深川芸者だと」

「どうりで。筋がいいはずね。しかもなかなかいい男だったわ」

「ふん、器量望みで婿入りできれば万々歳だな……あ、親父が呼んでる。じゃ、またな」

辛苦辛苦の新九郎……本名だったのね。

新九郎様。

わたしは、「ちん」と三毛を小さく鳴らしてみた。三毛は、新九郎様がかき鳴らしたときとは別物のように、つたない音を出した。

弾き手によって、これほど音色が違うのか。新九郎様の手にかかると、三毛はまるで古今随一の名器の如く、力強い艶のある音を響かせた。

刃のように光る目にも、どこか艶があった。厳しい面持ちが、笑った瞬間、幼さをのぞかせて甘くなった。思い出すと、胸がきゅんと痛くなる。

新九郎様。

あの音色とあの声が耳について離れない。

どこへ行けば、あのひとに会えるのだろう。どこへ行けば、あの声が聴けるのだろう。

あの音色にひたるには、どうしたらいいのだろう。

新九郎様、新九郎様、新九郎様。

目を上げると、昼下がりの日差しを映して、白い障子が眩しいほどに輝いて見えた。

きれい……。

見慣れた古い畳も天井も、煤払いの後のように明るく見える。三毛を抱いて座っているだけだというのに、わたしの胸は高鳴っている。

どうしちゃったんだろう、わたし。

新九郎様、新九郎様、新九郎様。

その名は甘い呪文のように、わたしの胸を幸せで満たすのだ。

「……辛苦、辛苦の、新九郎〜……」

あの方の節回しを真似て、小声でそっとつぶやいてみた。

わたしの声にあの方の声が、寄り添うように重なって聞こえたような気がした。

一

雲の出てきた夕間暮れ、早朝から元気よく咲いていた薄紫の朝顔の花が、力尽きたようにうな垂れている。

「お嬢様、そろそろお部屋にお入りなさいませ」

お亀が湯呑を片づけながら、縁側に降りてきた。おまきは、「ええ」と言ったきり、縁側から立とうとしなかった。

「お嬢様」

「なんだか、体に力が入らなくって」

「さいでございますか」

とうとう丈二は、肝心の話をしなかった。

篠田という侍が騒ぎを起こしたせいである。

まあ、仕方ない。

別に、なにを期待していたわけでもないんだけど。いや、なにかを期待していたのか。

助五郎から、丈二はおまきをずっと思い続けていたと聞いて、心が騒がなかったと言えば、嘘になる。あの丈二が、おまきを思って泣いたと聞いて、胸が苦しくなった。饅頭も喉を通らなくなった。そして、丈二があらためて話があるというから、朝から妙にそわそわしていた。

嫁取りの話って、もしかして、わたしを嫁に欲しいというの？

自分で自分の気持ちがわからなかった。もしも、今朝、きれいに咲いた朝顔の前で、おまえが好きだ、と言われていたら、おまきはどう答えていただろう？

しかし、今、萎んだ朝顔を見ていると、おまきの心も急速にしおれていくような気がする。

「……間が悪いったら」

思わずつぶやくと、お亀が小さく答えた。

「はい。丈二坊ちゃんも、お嬢様も、間が悪うございます」

おまきはお亀を振り向いた。お亀の四角い顔がうなずいている。

お見通しってわけね。

おあや相手に舞いだなんだと誤魔化していた心の内だが、お亀に言い当てられても、腹は立たない。むしろ、おまきはどこかほっとしていた。

「なんなんだろうね、丈二とわたしって」

「お嬢様は、丈二坊ちゃんがお嫌いですか？」

「嫌いじゃないわ。けど……」

気心も知れていて、遠慮もない。根っこのところで信頼もしている。同志みたいなものである。もしかしたら、夫婦って、こういうものかもしれないとも思う。

思うけど。

丈二がおまきを好きだと聞いて、心は乱れたけど、正直、おまきの心に応える気持ちは湧き上がらなかった。

「ねえ、お亀」

「はい」

「丈二とわたしって、お似合いだと思う？」

お亀は驚きもせず、暫し考え込むように瞬きをひとつふたつして、

「はい。お似合いでございます」

と答えた。

「丈二がわたしを好きだって。助にぃが言っていたわ」

「はい」

「知ってたの？」

「はい。お嬢様以外は、皆様ご存じでございます。ですから、今朝はとうとう、丈二坊ちゃんが腹をくっていらっしゃるものだとばかり、お待ち申しておりましたところが……」

「なっ……なんで言ってくれないのよっ」

「そのようなことは、言葉ではなく、感じるものでございます。お嬢様が感じなかったということは、丈二坊ちゃんにはお気の毒ですが、いわゆる、脈がなかったのでございましょう」

「脈がなくても、お似合いだと思うの？」

お亀の四角い顔の頬のあたりが、薄闇の中でほんの少し和らいだ気がした。

「恋をなさることと、夫婦になることとは別でございます。例えば、お嬢様が片倉屋さんに御嫁入なさったら、うまくいくに違いありません。丈二坊ちゃんとは気心が知れてございますし、お嬢様は札差の女房として、文句のつけようがございませんから。そのようにうまくお暮らしのご夫婦は多うございます。旦那様とおかみさんも……」

「おとっつぁんとおっかさんのこと？」

お亀が口をつぐんだ。いつもは巌のように無表情な四角い顔が、珍しく、しまった、とばかりに歪んで見えた。

宗助とおみち。考えてみれば、自分のふたおやのことを、夫婦として見たことなどなかった。実母のあさひが亡くなって、幼いおまきを抱えた宗助は、親戚筋から勧められたおみちと一緒になった。それから二十年近く、子宝にも恵まれて、大過なく過ごしてきた。

「余計なことを申しました。とにかく、夫婦がうまくいくというのは、惚れた腫れたばかりではないのでございます」

取り繕うようにお亀が付け加えた。

恋してなくても、夫婦になれる。

それじゃ、恋って一体なんだろう。

一瞬の中に永遠を閉じ込めるようなたった一度の恋をして、添い遂げる。そんなこと、やっぱり夢なのかしら。恋なんて、やっぱり幻なのかしら。出会ったあの日に、この世の中でたったひとりのひとだと確信した光る君。あの方に抱いたわたしの幼い恋も、やっぱり、幻だったのかしら。

それなら、どうして忘れられないのだろう。

どうしてこんなに、思いは募るのだろう。

「もしかして、わたし、丈二と一緒になったほうがいいのかなあ」

それで、すべてうまくいくのだとしたら。

「しかし、お嬢様、もしも、丈二坊ちゃんと夫婦になるとお決めになるなら、光る君様のことは、きれいさっぱり忘れなくてはなりません」

厳しい口調でお亀は言った。

「丈二坊ちゃんは、あれでなかなか繊細なところがございます。お嬢様がお心を誤魔化していらっしゃれば、じきにお気づきになるでしょう。それでは、坊ちゃんがお可哀想でございます。男の方というのは、鷹揚に見えても、心の底では、女よりよほど狭量で弱いものでございます」

「そんなものかしら」

「はい。そんなものでございます」

お亀の口調は確信に満ちている。まるで百戦錬磨の恋の手練れのように。

確か、助にいも同じようなことを言っていた。

光る君のことを忘れて、丈二と夫婦に……それで、すべて丸く収まるのだろうか。

丈二とは、おむつのころからの長い付き合いである。一緒に遊んで一緒に笑って一緒に泣いて、一緒にここまで大きくなった。お互いのことは、わかりすぎるほどわかっている。はずであった。それが、一番肝心なところを、なにもわかっていなかったというのだ。

「なんか、調子が狂っちゃったわ」

とにかく、この状況を打開しないことには、居心地が悪くてたまらない。あんなに遠慮のない間柄だったのに、今は、あいつのにやけた顔を見るのも照れくさいなんて。以前のような気の置けない間柄に戻れるだろうか。それとも……。

縁側の向こうから、せっかちな足音が近づいてきた。

おみちである。

「おまき、ちょいといいかい」

「おっかさん、どうかしたの」

おみちは、珍しく深刻そうな顔をして、おまきの側に膝を揃えた。

「おあやがね、なんだか様子がおかしいんだよ。あんた気がつかなかったかい」

「昼間、ひと騒動あったから、疲れたんじゃないの。あの子の大事な三毛が、あやうく連れ去られそうになったんだもの」

「ああ、聞きましたよ。でもねえ、なんだか、それだけじゃないような気がするんだよ。妙に塞ぎこんでいるような、上の空っていうか……もうすぐ、お目見えだってのに、大丈夫かしらねえ。怖気づいたんじゃないかねえ」

おあやはじきに御殿に上がる。御殿の伯母様のお声がかりであるから、話はほとんど決まっているのだが、形ばかりのお目見えがある。御殿で殿様や奥様のお目にかかり、三弦の腕前を披露することになっている。それが滞りなく済めば、本格的に御屋敷奉公である。しばらくは、宿下がりも許されない。

「おあやのことだもの。うまくやるわよ。あの子は万事、抜け目ないんだから。そういう点じゃ、わたしよりしっかりしているのよね。心配ないって」

請け合いながら、おまきは、心の中で、少しだけおあやが羨ましくなった。恋は幻、と言って割り切ることのできるおあやが。

「そうだねえ。なんといっても、年ごろの娘だものね。むら気も当然かもしれないね。はっはっはーはっはっはー」

おみちはやっと安心したようで、さばさばとしたいつもの笑い声を上げた。

二

空が高くなった。

日ざかりの陽気は夏のままなのに、文月の声を聞くや、碧天が遠くなり、雲の形まで秋らしくなった。

「ああ、鰯雲《いわしぐも》……お腹空いた」

朝顔の鉢が中庭に鎮座してから、もう半月ばかり過ぎただろうか。お亀が丹精しているおかげで、蔓は高く伸び、花は綺麗に咲いているけれど、肝心の丈二は、なぜか、あれからぱたりと『嫁取り』の話をしなくなった。

いったい、どうしたっていうんだろう。

居心地の悪さは相変わらずだが、こちらから水を向けるのも気がひけるし、おまきは正直、厄介事を先送りできたかのような、安堵も感じているのであった。

おまきは、箪笥の奥から、大切にしまっておいた芥子玉絞りの手拭いを、そっと取り出した。あの日、光る君がおまきの涙をふいてくれたものである。

手拭いは、まるでつい昨日手渡されたかのように、全く古びていない。そして、おまきの脳裏に蘇る光る君の姿も、優しい声も、ついこの間のことのように生き生きと鮮やかなのである。

あのひとを忘れることなんて、出来るのかしら。せめて、もう一度だけ、めぐり逢えたら……。

ばたばたとにぎやかな足音がして、おみちが大声を上げて近づいてきた。

「ほうら、見て見て」

おみちは、今朝の碧天を映したような空色の地に秋草を散らした目のさめるような着物を両手に掲げていた。

「きれい。おあやのでしょう。お目見えに着るのね。きっとよく似合うわ」

おあやには、青い色がよく似合う。空や海を思わせる清々しい色味が、清楚な可愛らしさを引き立てる。

お目見えまで、あと三日。おみちはこのところ、その支度で大忙しであった。

「おあやを見なかったかい。これを合わせてみたいんだよ」

「お師匠さんのところじゃないの。三毛を抱いていったわよ」

おあやは、このところ、三日にあげず三弦の稽古に通っている。

おみちは不服そうに小さく舌打ちをした。

「そりゃ、殿様の御前でご披露するのだもの、根を詰めるのもわかるけど、他にも支度はたんとあるんだよ。今日くらいは家に居てくれなくちゃ……困ったねえ」

「よろしければ、お迎えに参りましょうか」

おまきの後ろにいたお亀が、ごく控えめに切り出した。

「お亀、おまえ、行ってくれるかい」

「お三味線のお師匠様のところでございますね、浅草の」

「そう。今日のところは、用事もたまっているのだからとお師匠様にも申し上げて、おあやを連れて帰っておくれ」

「かしこまりました」

大きな体にもかかわらず、お亀はきびきびと出て行った。

「さて、忙しい、忙しい……」

おみちは再びにぎやかに隣の部屋へと戻っていった。

小半時も経っただろうか。

「おい、まきのうみ、ちょっと」

生垣の向こうから、丈二が小声で手招きしていた。

「なによ」

「ちょっと、来いって」

「人を呼びつけてないで、あんたが来なさいよ。そんなとこでなにやってんのよ。いつも勝手に入ってきて、お茶なんか飲んでるくせに」

「いいから、頼むから、ちょっと来てくれ」

丈二が珍しく下手《したて》に出るので、おまきはしぶしぶ裏木戸から外へ出た。すると、そこに丈二と並んで、隠れるようにお亀がいた。

「あら、お亀。どうしたの。あんた、おあやを迎えに行ったんじゃないの」

「お嬢様、一大事でございます」

お亀の無表情な四角い顔が、心持ち険しくなっていた。

「おあやお嬢様が、行方知れずでございます」

「行方知れずって、どういうことなの」

「お三味線のお師匠様のところへうかがいましたら、おあやさまはいらっしゃっていないとのことでございました」

おまきは気が遠くなった。よろけたところを丈二が支えた。

「かどわかしかしら。おとっつぁんに知らせなきゃ」

「まあ、聞け、まきのうみ」

丈二が促して、お亀が続けた。

「そればかりではございません。お師匠様が仰るには、おあやお嬢様は、もう半月近くも、お稽古をお休みなさっているとのことでございます」

「休んでいるって……どういうこと？」

おあやは、この半月、毎日のようにお稽古に通っていたはずである。

「どうやらおあやお嬢様は、お稽古と偽って、どこか別の場所に通ってらしたようなのです。なにかご事情があるかもしれず、おかみさんにお知らせするのを迷っていたのでございます」

「俺が通りかかった時、ちょうどお亀さんが、むつかしい顔をして突っ立っていたから、まきのうみを呼び出してやったってわけだ」

得意そうに丈二が言った。

事情があるにせよ、心配には変わりない。

「どこか別の場所っていっても……お供のお石はどうしたの」

「お石も行方知れずでございます。お嬢様、おかみさんにお知らせする前に、まずお春を問いただしてみてはいかがでしょう。おあやお嬢様の行く先がわかるかもしれません」

お春はお石と交互に、おあやの供をしていたはずである。

「呼んでくるわ」

おまきは、おみちに気づかれぬよう、こっそりお春を裏木戸へ連れだした。

おまきとお亀、それに丈二に囲まれて、奉公したての十三のお春は、小さくなって怯えていた。

「お稽古に行くと言って、おあやはどこへ行っていたの。叱らないから、おっしゃい」

「でも、おあやお嬢様が、人に言ったら、わたしを辞めさせると……」

「あのね、お春、あんたの主人は伊勢屋宗助とおみち、旦那様夫婦よ。その旦那様のお言いつけで、おまえはおあやの供をしていたの。あんたを辞めさせられるとしたら、おあやじゃなくて、旦那様夫婦か、姉のわたしよ。さあ、どうするの。言うの言わないの」

お春は抜け目なく、伊勢屋内部の序列に思い至ったようだった。手のひらを返したように、はきはきと打ち明けた。

「新しいお稽古場でございます。でも、わたしはそのお稽古場がどちらにあるのか存じません」

「新しいお稽古場?」

「はい。新しいお師匠様から、秘伝の曲を習うのだと仰って、どなたにも秘密にするようきつく言われました。絶対に秘密にしなきゃならないからと仰って、わたしはいつも、近くの茶店でお待ちしておりました。お師匠様もお稽古場も存じ上げないのです。神田明神下の釜屋という団子屋で、お嬢様がおかみに頼んで、わたしが奥で待てるようにしてくださいました」

「神田……」

「おまきお嬢様、わたし、辞めなくてもようございますか?」

「安心なさい。あとはわたしに任せて。このことは他言無用よ。もういっていいわ」

「はい」

お春は、頼もしそうにおまきを見上げると、小走りに戻っていった。

「神田ねえ……お亀、あのあたりに心当たりない？」

「さあ……」

「まきのうみっ！」

丈二が素っ頓狂な声を上げた。

「静かにしてよ。おっかさんに聞こえるじゃない」

「ある。思い出した」

丈二は蒼ざめた顔で言った。

「なにが」

「もうずいぶん前になるが、おあやちゃんがうちにきたんだ。篠田様の御屋敷がどこにあるのか教えてくれろと……」

「篠田？……ああ、あの三弦侍？おあやがなんだって、三弦侍に用があるのよ」

「三味線のことで聞きたいことがあるとかなんとか言うから、教えたんだが……その篠田様の御屋敷が、神田明神から目と鼻の先だ」

「じゃ、新しい三味線の師匠って、篠田新九郎様なの？それならそうと、なんで言わないのよ。わたしはなにも聞いていないわよ」

「お稽古だけではないからでございますよ、お嬢様」

「稽古でなければ、な……」

おまきは、はたと思い出した。

片倉屋での騒ぎ以来、おあやの様子がおかしかった。奥奉公に上がる前だから、不安なのだろうとおみちと話したことがある。

まさか、あれって。

「そりゃ、篠田様ってちょっといい男だけど、まさか、あの計算高いおあやに限って、あんな貧乏侍に惚れて、親やわたしに隠れて逢うなんて、そんな馬鹿なことするわけないじゃない。奥奉公前の嫁入り前なのよ。おかしな噂が立つようなそんな真似、間違ってもしないわよ。あの子なら、もっとうまく立ち回るわよ。男心を手玉に取って、駆け引きして、あの子なら……」

「お嬢様、今までとは事情が違うのじゃございませんか」

計算高くうまく立ち回れたのは、おあやが恋を知らなかったから。

でも、いったん恋を知ったら、自分で自分を抑えられない。計算なんかできなくなる。

自分がどこに立っているかさえ、わからなくなる。

「とにかく、その釜屋という団子屋に参りましょう」

「そうね。それに、篠田様の御屋敷にも行ってみなきゃ。丈二、あんた、知っているんでしょう」

「ああ。まきのうみは釜屋へ行けよ。篠田様には、俺が行ってくる。釜屋で待ち合わせよう」

「ありがとう、丈二、助かるわ」

「なあに、俺も考えなしだった。御屋敷を教えて付き添いもせずにそれっきりなんて、不義理をした。責任を感じるよ。じゃ、あとでな」

丈二は脛もあらわに埃っぽい道を駆けていった。

おまきとお亀も急ぎ足で神田明神下へと向かった。

ところが、いくらも行かないうちに、向こうから歩いてくるお石とばったり出くわしたのである。

「お石、おまえ、どうしたの」

お石はひとりで三毛を抱えて、泣きながら歩いていた。

「お、お嬢様、お亀さん、申し訳ございません、お許しくださいませ、おあやお嬢様が……わたし、どうすればよろしいのでしょう」

しゃくりあげながら、お石はしきりに訴えるのだが、涙に紛れて意味を為さない。

「お石、しっかりしなさい。なにがあったのか、順を追って教えておくれ。おまえ、おあやのお供をしていたね？　でも、お師匠様のところへは行かなかった、そうだね」

「申し訳ございません。おあやお嬢様が、新しいお師匠様に秘伝の曲を習うのだと仰って、それは内密だから、誰にも黙っているようにと……」

お春の言ったことと同様である。

「では、おまえがおあやを待っていたのは、釜屋という団子屋だね？」

「はい……おまきお嬢様はご存じでらっしゃいましたか」

ほっとしたように、お石は頬をゆるめた。

「まあね。おあやがどこでお稽古をしているかは、知らないんだね？」

「はい。今日は、いくらお待ちしていても、お嬢様がお戻りにならなくて、わたし、どうしていいか、わからなくて……」

お石は震える手で三毛をしっかり握りしめていた。

「お石、その三毛……お三味線は、どうしたんだい」

「あ……」

お石は、今はじめて自分の持っているものに気がついたように目を見開くと、おまきに三毛を差し出した。

「釜屋の座敷に、置き去りにされていたのでございます」

「置き去りですって？」

「おあやお嬢様が、お持ちにならなかったのでございます」

「どういうことなの？　あの子、どこへ行くにも手放さないくらい三毛を大事にしていたのよ」

「存じません。お嬢様が座敷の隅に置いていかれたということしか」

「お嬢様、ご覧くださいまし」

よく見ると、竿のところに結び文がくくりつけてある。おまきは、はやる気持ちを抑えて、文を開いてみた。

文には、和歌が一首だけ、走り書きされていた。

　由良《ゆら》の門《と》を渡る舟人かぢを絶えゆくへも知らぬ恋のみちかな

「この歌、どうして……」

新古今にある、曽《そ》禰好忠《ねのよしただ》の歌である。

由良の水門を漕ぎ渡る舟人が、舵を失って、行く先を知らず漂うように、どうなってしまうかわからない、己が恋の行方よ……。

これは、おまきがことのほか、気に入っている歌である。おまきが何度も手習いしているのを、おあやが暇そうに眺めていたことがあって、ひとくさり、歌の解釈をしてやった。

『この先どうなるかわからないふたりの恋……素敵よねえ』とうっとりするおまきに、

『おまきちゃんて、おめでたいわねえ』とおあやは馬鹿にしたように言っていた。それでも、なにか気になった様子で、おまきの手習いを一枚持っていったのだ。

あの歌だ。

ゆくへも知らぬ恋のみちかな……。

「あの子、まさか、駈け落ちでもしようってんじゃないわよね」

貧乏武家の次男と蔵前札差の娘。武家からしてみれば、町人の娘をおいそれと嫁には出来ないだろう。そもそも新九郎は次男で、役付きもなく、篠田家の厄介である。嫁をもらうよりも、婿に出したいところだ。しかし、伊勢屋としては、大事な娘を貧乏武家の次男と一緒にさせるつもりはない。ふたりが一緒になるには、駈け落ちするしかないのである。

少なくとも、ふたりはそう考えたはずだ。

「でも、それならなぜ、三毛を置いていったのかしら。どこか遠くへ行くならなおのこと、これを手放すはずなんかないのに」

手の中の三毛の重みが、ふとおあや自身と重なって、おまきは背筋が寒くなった。

「まさかあの子、命を捨てる気で、これを形見に置いて……そんな、お亀、あの子がそんなことするはずないわよね」

「お嬢様。恋は女を狂わせることがございます」

お亀が言った。

「恋することは、狂うことなのでございます」

恋することは、狂うこと。

そのひとと一緒なら、どこまでも流されていく。たとえ、黄泉の国までも……。

どうしよう。

恐れと怯えで、叫び出したくなりそうなのをこらえて、おまきは気持ちを奮い立たせた。

気弱になっている場合じゃない。あの子を捜し出さなくちゃ。

「お石、おまえは、すぐにうちへ帰って、おとっつぁんとおっかさんに事の次第を話してちょうだい。あとは、おとっつぁんがきっとうまくやってくれる。ただし、他の奉公人たちには聞かれないように気をつけて。できるわね?」

「お嬢様、わたし……」

不安げに眉を寄せるお石の目を見て、おまきは続けた。

「おあやのことは、おまえが一番よく知っているはずじゃないの。あの子は決して悪い子じゃない」

お石は大きくうなずいた。

「はい。お嬢様にはよくしていただいております。おかみさんには内緒だと仰って、ご一緒におしるこやところてんをいただいたこともございます」

「下手に騒ぎ立てたら、おあやに傷がつくわ。だから、おまえに助けてほしいの。お石、出来るわね？」

「はい」

目に涙をためてはいたが、お石は今度は、力強くうなずいた。

「わたしとお亀は、釜屋で話を聞いてきます。三毛は預けるわ。頼んだわよ」

「はい」

お石は、おまきから三味線を受け取ると、振り向きもせず、一散に蔵前へ向かった。

「行くわよ、お亀」

「はい」

頼もしいお亀の返事に背中を押されるように、おまきはきびすを返した。

ゆるい坂道を上っていくと、周りは次第に武家屋敷が多くなった。にぎわいから遠ざかるにつれて、おまきの不安はいやました。

おあやはいったい、どこへ行ってしまったのだろう。

日が傾き始めていた。おまきは気が急いたが、たどりついた釜屋に、丈二の姿はなかった。

じきに店じまいだろう、客は途切れていて、小女もおかみらしい年配の女も湯呑み茶わんを片づけている。

「もうし、お尋ねいたします」

お亀が低姿勢に問いかけた。

「はい、なんでござりましょう」

怪訝そうなおかみに向かい、おまきが小腰を屈めて言った。

「蔵前伊勢屋宗助が娘、まきと申します。妹のあやが、いつもご厄介をおかけしていると聞き及びまして、少々お尋ねしたいことがございます」

「伊勢屋さんの……。さあ、わたしはなにも存じませんが」

おかみは無遠慮におまきを見ると、顔色も変えずにしらをきった。おまきは、かまわず、おかみに取りすがった。

「おあやに口止めされていることは存じています。でも、おかみさん、一大事なのでございます。あの子がどこに行っているか、なにかご存じなら、どうかお教え下さいまし」

「さてねえ、なんのことやら」

おかみはなおも顔をそむけた。

おまきは、かっと頭に血が上り、思わず大声を上げた。

「死ぬかもしれないのよっ！」

「お嬢様」

なだめるお亀を押しのけて、おまきは叫んだ。

「こうしている間にも、あの子、死ぬかもしれないのよっ」

おまきの脳裏に、幼いころのおあやの姿がよみがえった。近所の悪童どもにいじめられては、おまきの背中に隠れていたおあや。頼りなげに震えていた小さな体を思い起こすと、おまきの胸がきりきりと痛んだ。

おあや、死んじゃだめ。お姉ちゃんが助けてあげる。だから……。

「しらを切るのもいい加減にして！　あの子になにかあったら、ただじゃおかないわよっ」

食いつかんばかりのおまきの勢いに、さすがにおかみは顔色を変えた。

「ちょいと、お嬢様、落ち着いてくださいな。わたしゃ、本当になにも知らないんですよぉ。ええ、確かに、お妹様には他言してくれるなと頼まれましたし、わけありだとは思ったんだよ、だけど、こっちも商売だもの、客の事情を云々できないじゃないか。いつもは、お供の女中さんを待たせて、ほんの一刻ほどで帰ってらっしゃることですし」

「でも、今日は帰らないのね？」

「ええ、待てど暮らせど、戻らないから、女中さんは慌てちまって、そしたら、いつもお持ちのお三味線は置いてあるわで、わたしも、どうしていいやら。本当になにも存じませんよ」

うしろめたそうに、おかみは上目づかいにおまきを見た。

「まきのうみ！」

そこへ、丈二が息を切らせて飛び込んできた。

「丈二、なにかわかったの?」

「新九郎様も留守だった。でも、おあやちゃんが通っていたのは、確かに篠田様の御屋敷だったよ」

「御屋敷に?」

「ああ。最近、若い女が三味線の稽古をしにきていたと、奉公人が言っていたよ」

おあやだ。

おまきは、おあやの残した書付を見せ、三毛が残されていた次第を話した。

丈二は怪訝そうに眉をひそめた。

「おかしいな。篠田様では、ふたりは三味線の稽古をしていただけだと言っているぜ。楽しそうにしていたが、襖はいつも開け放して、ふたりきりで部屋にこもったり、よからぬことをしていた様子はないそうだ。ふたりの仲があやしいってのは、俺たちの考えすぎかもしれねえぜ」

「きっと本気なのよ」

由良の門を……これは間違いなく、命がけの恋の歌。

言葉を交わし、三弦の音を交わすことで、ふたりはより深く知り合うことになっただろう。お互いのなにより好きな芸道に乗せて、ふたつの魂は寄り添いあったことだろう。

「手を握らなくたって、出会い茶屋にしけこまなくたって、あのふたりは、離れられなくなったのよ」

どうしようもなく惹かれあう魂がある。体が求め合うより先に、惹かれあう魂が。

「だからって、なんで急にいなくなるんだ？　今まで通り、仲良く稽古をしていりゃいいじゃねえか」

「おあやは、じきに御殿に上がるの。そしたら、今までみたいに会えなくなるわ」

「そうか、それで……」

「ねえ、丈二、篠田様の御屋敷の方は、なにか仰っていなかったの？　新九郎様が行きそうなところとか。そうだ、三弦の御師匠さんはどなたなの？　稽古仲間とか、こういうときに頼りそうな当てはないの？」

「師匠はいない」

おまきは面食らった。

「え。独学であの腕前なの？」

「いや、実のおふくろから手ほどきを受けたんだ。あとは筋が良いから、勝手気ままにかき鳴らす、無勝手流だそうだ」

「おふくろって、深川の芸者だったたっていう……」

「ああ。おせんさんっていって、とにかく三弦の腕が良くてね。音曲の好きな篠田の旦那様と気が合ったんだな。それで、子供ができたはいいが、あちらは貧乏武家で、御新造《ごしんぞう》さまもうるさがただ。おせんさんが身を引いて、新九郎様は篠田に引き取られたんだな。そこは深川芸者だ。引き際きれいに、旦那様とはきっぱり縁を切ったそうだ。それでも、新九郎様は、こっそりおせんさんのところへ出入りしていたんだな。それでいつの間にやら、あの腕前だ。血は争えねえ」

三弦の師匠が深川芸者の実のおっかさんか……。

おまきは、片倉屋の店先で三味線をかき鳴らしていた新九郎の伸び伸びとした声を思い出した。おっかさんゆずりの粋な声……。

「丈二、あんた、そのおせんさんの住まいはわかるの」

「ああ、もうお座敷勤めはしていないが、深川で、若い娘たちに三味線を教えて……」

「行こう、お亀」

「はい」

おまきとお亀は、勇んで往来に出た。丈二が慌ててあとを追う。

「おい、行くって、深川か」

「ええ。ふたりはきっと、おせんさんのところに寄るはずよ。丈二、あんたも早く」

今生の別れになるかもしれない今、新九郎は母親にひと目会って別れを告げるに違いない。

「仕様がねえな」

三人は昌平河岸から船に乗ると、一路、深川へ向かった。

近所で尋ねながら、おせんの住まいにたどり着くころには、日が暮れかけていた。遅い稽古の帰りだろうか、三味線を抱えた女たちがちょうど出ていくところであった。

「お頼み申します」

おまきが声をかけると、小柄で大人しげな顔立ちの女が出てきた。

「おせんさんはおいででしょうか」

「せんはわたしでございますが、どちらさまでございましょう」

艶めいてよく通る声である。刃のように光る目が新九郎に似ている。

「蔵前の伊勢屋宗助が娘、まきと申します。こちらは、片倉屋の若旦那でございます」

「札差のお嬢様と若旦那が揃って、さて、なんのご用でござりましょうか」

おせんは、気おくれする様子もなく、今でも座敷で通用しそうな艶っぽい流し目をよこした。

「篠田新九郎様のことで……」

とたんに、おせんの動きが止まった。

「事情がございまして、新九郎様を捜しております。もしやこちらにおいでになりませんでしたでしょうか」

額に汗を浮かべてまくしたてるおまきを、おせんは訝しげに見上げた。おまきはなおも続けた。

「失礼は承知しておりますが、事は急を要します。ゆっくりご説明申し上げている暇はございません。わたしの妹が一緒なのです。ふたりは、駈け落ちを……もしかすると、相対《あいたい》死《じに》を……」

「相対死？」

おせんの顔から血の気が引いた。お亀が「お嬢様」と小声で諫めた。おまきは言葉を繕った。

「いいえ、その、とにかく、一刻も早く、ふたりを見つけ出したいのです。新九郎様はおいでになりませんでしたでしょうか」

おせんは、肩で息をしながら、やっとのことで口をきいた。

「いいえ……いいえ、あの子は来ておりません。本当に、あの子は、お妹様とご一緒に？」

「はい、きっとこちらに見えたのじゃないかと思って、お別れに……」

「別れに？」

「いいえ、その、もし、遠くへ行くとしたら、母親にひと目会って、お別れを言いたいのじゃないかと……」

「あの子がわたしに別れを……」

うな垂れていたおせんが、突然、ついと顔を上げた。

「別れ！　もしかして」

「どうなさいましたか、おせんさん」

「三味線が聞こえたんです！」

「三味線？」

「日暮れ前に、弟子に稽古をつけておりましたときでございます。どこからか、三味の音がして、なんだか、あの子の、新九郎の弾く音色に似ているような気がしましたが、まさか、そんなわけはあるまいと、聞き流しておりました。まさか……」

おせんは弾かれたように立ち上がると、裏木戸へ駆けていった。おまきと丈二もあとに続いた。

すると、裏木戸に、三味線が一竿、立てかけてあったのである。

「これは、あの子の……」

言ったきり、おせんは三味線にすがりついた。

「おせんさん、これは、新九郎様のものなのですか」

「は、はい。わたしが、あの子に与えたものでございます……あの子、来たのだわ、わ、わたしに、別れを……」

やはり、来たんだ。新九郎は、おせんに、三味の音で密かに別れを告げたのである。

そして、おあやと同じように、なにより大切な三味線を形見に残して……。

「こいつぁ、只事じゃねえな。いってぇ、どこ行っちまったんだ」

丈二がつぶやいた。

三人は言葉を失い佇んだ。

闇の中をはうように潮の香が忍び寄る。ひたひたとかすかな水音が聞こえる。

由良の門を……。

おまきは、おあやの書置きを握りしめ、潮の香に引かれるように振り向いた。

「舟……」

おせんの家の裏手は、すぐに船着き場である。

「おあやは舟が好きなのよ。舟に乗ったのかもしれない」

おまきの言葉を聞くや、おせんは、船着き場にたむろしていた船頭たちに駆け寄った。

「ちょいと、誰か、一刻ほど前に、若い男と女のふたり連れを乗せなかったかい？」

船頭たちは、首をひねっていたが、やがてひとりがうなずいて言った。

「ひょっとして、身なりの良い娘と若い侍のふたりじゃねえか」

「留吉さん、あんたが乗せたの？　どんな様子だったか覚えていないかい」

おせんと顔見知りらしい船頭の留吉は、うなずいた。

「可愛い娘だったぜ。時々、小さい声で男の名を呼んでいたが、これがまた可愛い声なんだ。ええと、なんてったっけな、甚九郎様だか新太郎様だか……」

「新九郎様！」

おまきが叫んだ。

「そう、それだ」

留吉はぽんと手を打って答えた。

「どこまで乗せたんですか」

「橋場の向こうでおろしたよ」

「橋場の向こう……墨堤か」

墨堤。

「船頭さん！　ふたりをおろしたところまで、わたしたちを連れていって下さいっ、急いでっ」

言うより先に、おまきは船に乗り込んだ。

「お、おい……おせんさん、このひとたちゃ、あんたの知り合いか？」

目を白黒させる留吉に、おせんがうなずいた。

「ええ。ちょいとわけありでね。わたしも乗せてもらえますか」

「そういうことなら、早く乗りねえ」

おせんとお亀もあとに続き、女たちに手を貸しながら丈二も乗った。

「船賃は弾むぜ。一目散でやってくれ」

「へい、かしこまりやした」

若旦那ふうの丈二を見て金になると踏んだのだろう。留吉はほくほく顔で竿をさした。

舟は漆黒の水面を滑るように進んで行く。

両岸の店先に灯火が連なり、まるで夜空を流れる星の川を行くようである。夜の川は暖かく深く優しく、おまきたちの逸る心を包み込む。

おあやも新九郎とふたり、この星の川をたどったのだろうか。思い詰めた二人の心を夜の川は慰めただろうか。それとも……。

「着きましたぜ」

花見の時期でもない夜の墨堤は、人影もなく、闇に沈んでいた。

「おあやちゃんたちを、ふたりきりでこんなところにおろしたのか」

咎めるように丈二が言った。

「どうしても、このあたりでおろせと言うんで……」

留吉が申し訳なさそうに鬢をかいた。

おまきは、ぞっとするような暗い水面をのぞきこんだ。丈二も並んで、怖気をふるってつぶやいた。

「まさか、ふたりでこの川に……」

「縁起でもない、なんてこと言うのよっ、このトウヘンボクっ」

おまきは丈二の背中を小突いた。

「うわっ、ひゃっ、おまきっ、落ちるっ……おい、どこへ行くんだよ」

船べりにしがみつく丈二を乗り越え、おまきは裾をからげて岸辺に降り立った。

「決まってるでしょ。おあやを捜すのよっ」

「お嬢様、お足元が悪うございます、お気をつけなさいませ」

お亀が素早くおまきに手を貸した。

弱虫で泣き虫だったおあや。いくら愛する男と一緒だからって、こんな寂しいところに来るなんて、目指すところはあそこしかない。

おまきは三囲稲荷の鳥居を目印に堤を駆けあがった。松と桜が交互に並ぶ参道を転ばないようにたどっていく。

春三月には人でごった返していた墨堤は、閑散としていた。白々と雪洞《ぼんぼり》のように咲き誇っていた桜木も、眠ったような葉桜である。

「これだわ」

おまきは一本の桜木の下に佇んだ。昔、花のさかりにおあやと手をつなぎ、うっとりと見上げた桜の木である。

あのとき、おあやは、この桜の下で祝言を挙げたいと言った……。

おあやは覚えているだろうか。

あれは、幼いおあやが初めて目にした桃源郷のような美しい景色だったに違いない。祝言を挙げるなら、この木の下で……そう決めた乙女心が、今も息づいていたなら、おあやは新九郎と共に、ここを訪れるのではないだろうか。

「おぅ、おまき、どうしたんだ、こんなところで」

追いついてきた丈二が、薄気味悪そうにあたりを見回した。

「ここだと思ったんだけど……」

しかし、初秋の桜は緑の葉すらくすみ、春の面影はどこにもない。

途方に暮れて、おまきは空を仰いだ。西の空には弓張月が、山の端めがけて沈もうとしている。

と、そのとき、かすかな悲鳴が聞こえた。

「お亀、今の聞いた？」

「はい」

ふたりは顔を見あわせて、声のしたほうへ向かった。目を凝らすと、参道の向こうに灯りがちらちら動いている。

再び小さな悲鳴が聞こえたが、すぐに途切れた。

「おあやの声だわ」

おまきはたまらず駆け出した。

「お嬢様、危のうございます」

お亀が影のようについてくる。

ちらちらしていたのは、提灯の明かりであった。四、五人の男たちが、道の真ん中で立ち止まっているのである。

その向かい側に背の高い男の姿、そして……。

「おあや！」

おまきが叫ぶと、男たちがいっせいに振り向いた。崩れた身なり。しかも、明かりに照らし出されたどの顔も、ひと癖ありそうな悪相である。

追いはぎか、ふたりに悪さを仕掛けようとした無頼の徒であろう。新九郎とおあやは蛇ににらまれた蛙のごとく、彼らに行く手をはばまれていたのである。

「おまきちゃん、お亀、どうして……」

夜目にもありありと、おあやの目が見開かれた。

「お嬢様っ」

止めるお亀を振り切って、おまきはおあやの前に立ちふさがると、叫んだ。

「あんたたち、この子に指一本でも触れたら、このわたしが容赦しないわよ！　とっと失せろ」

「な、なんだ、こいつ」

「うるさい、蔵前嫁き遅れ小町のおまきってのは、わたしのことよっ！」

男たちは、一瞬、呆気にとられたようだったが、突然、ひとりが笑い出した。

「ひゃひゃひゃ……このねえちゃん、名乗りを上げやがった、いい度胸じゃねえか。おもしれえ」

男は笑いを納めると、ぎらつく目でおまきをねめつけた。

「たっぷり可愛がってやるぜ」

おまきは一歩、後ずさった。すぐ隣には、新九郎が、隙のない身のこなしで立っているのだが、なぜかいつまでも刀を抜かない。

「ちょっと、新九郎様、こんなときになにやってんの。早く刀を抜きなさいよ」

「いや、拙者は……」

「んもう、この腰ぬけ侍っ」

しびれを切らしたおまきは、新九郎の代わりに、脇差の柄に手をかけると、すらりと抜いて、悪党に向かった。

「あんたたち、覚悟しなさい！　これでも、いささかの心得が……あれっ」

ずしりと腕に重いはずの刀が、拍子抜けするほど軽かった。闇に閃くはずの刀身が、鈍く沈んでいる。

竹光《たけみつ》じゃないの！

「面目ない、これは使い物にならぬ。先祖伝来の業物はとうに質入れしたのだ」

申し訳なさそうに、新九郎がつぶやいた。

「侍のくせに、丸腰でどうしようってのよ。男子たるもの、命に代えても惚れた女を守るべきじゃないのっ」

新九郎は慌てもせず、刃のような目を光らせて、片頬でにやりと笑った。

「左様、姉上の仰るとおりでござる」

言うなり、新九郎は、刀の鞘をその場に捨てた。そして、おもむろに懐に手を入れると、匕首を構える男たちに突進していった。

「新九郎さまあ！」

「うわっ」

「ぎゃっ」

おあやが叫ぶより早く、悪党どもが、悲鳴を上げて、次々に倒れ込んだ。

「な、なに、どういうことなの」

「お嬢様、撥でございます」

見ると、新九郎は、刀の代わりに撥を操り、無頼どもを叩きのめしたのである。

「さすがは三弦侍……」

やっとうより、撥のほうが、よほど扱い慣れている。

そこへ、夜の底を叩くような乱れた足音がぱらぱらと近づいてきた。

「おまき、大丈夫か」

丈二とおせん、それに、数人の男たちである。

「おせんさんと留吉が、船頭仲間を連れてきてくれたんだ」

気の荒い男たちが、たちまち無頼どもを縛り上げた。

「丈二、ありがとう……」

気のゆるみからか、おまきはおあやの傍らに座り込んだ。

「おまきちゃん、しっかり」

「おあや、よかった……ここにいたんだね」

「うん。祝言を挙げるなら、あの桜の下で、と決めていたんだもの。でも、来てみたら、花は咲いていないし、真っ暗でなにも見えない。馬鹿ね、わたし。今が桜の季節じゃないってことすら、忘れていた。おまけに、あんな奴らに絡まれて」

おあやに支えられ、おまきは正気を取り戻した。目の前で繰り広げられる捕り物のような大騒ぎに、妹のしでかしたことの重大さがひしひしと身に染みてくる。

おまきはおあやの目を見て言った。

「あんた、わたしたちがどんなに心配したかわかってるの？」

「……」

「どんなに捜したか……でも、無事でよかった。おあや、うちに帰ろう。おとっつぁんもおっかさんも案じているわ。わたしと一緒に帰ってくれるわね？　新九郎様とのことは、これからゆっくり考えるとして……」

「いや！」

「おあや、あんた」

おあやは立ち上がると、新九郎の腕にすがりついた。

「わたし、帰らない。帰れば、きっと、おとっつぁんはわたしと新九郎様を二度と会わせてはくれないわ。そんなのいや。おまきちゃん、後生だから、わたしたちを放っておいて頂戴」

「あんた、死ぬ気なの？」

おあやはびくっと肩を震わせた。

「そんなこと……」

「死ぬ気なのね？　そうでしょう？　あんたたちふたりとも、荷物のひとつも持たないで、死ぬ気だったんでしょう？」

すがりつくおあやの細い肩を抱き、新九郎が言った。

「姉上、このまま見逃していただきたい。おあやも拙者も覚悟は出来ております」

「このろくでなしっ！」

叫んだのは、おせんであった。小柄なおせんは、新九郎につかつかと歩み寄り、精一杯背伸びをして、長身の息子に、思い切り平手打ちを食らわせた。

「母上……」

痛みよりも驚きに顔をゆがませて、新九郎は呆然とおせんを見つめた。

「勝手なことをお言いでないよっ。よそさまのお嬢様を連れだしたばかりか、危ない目に遭わせて、ご迷惑をおかけして、おまえはそれでも侍かっ」

「……」

「芸者の手元で育てるよりは、お武家さまにお預けしたほうが、お前のためになると思ったからこそ、わたしは身を切る思いでおまえと別れたんだよ。赤ん坊だったお前を、立派な侍にしてくれろ、と篠田の家に恥を忍んで頭を下げて……わたしは、おまえを、こんな卑怯な男にするために、死ぬ思いで手放したわけじゃないんだよっ」

若いふたりはうな垂れて、言葉もなくただ寄り添っていた。

「ああ、もう、勝手にしやがれ。死にたきゃあ死ねばいい。魚のえさにでも海の藻屑にでもなりゃあいい。おまえたちのことを案じる親兄弟の気も知らないで……」

おせんは新九郎の足元にすがって泣き伏した。それでも、若いふたりは動かない。

おまきは懐に紙切れがあるのに気づいた。おあやの書置きである。

ゆくへも知らぬ恋の道かな……。

おまきは書置きをおあやの手に握らせた。

「これ、あんたが書いたのね」

「ええ。おまきちゃんなら、きっとわかってくれると思ったの。わたしの気持ちを。おまきちゃん、光る君のこと、馬鹿にして悪かったわ。わたしもようやくわかったの。この世の中でたったひとりのひとのことを、忘れられるわけなんてない」

おあやが、ついと新九郎を見上げた。

ああ、こんな眼差しだったっけ。

おまきは、ふいに昔のことを思い出した。

まだおあやが童女だったころ、近所に源太郎という餓鬼大将がいた。今思えば、源太郎はおあやが好きだったに違いない。しかし、源太郎は幼い恋心を、おあやをいじめることでしか表現できなかった。

源太郎に出くわすたびに、おあやは、息せき切って家に駆け戻り、おまきを捜した。

「おまきちゃあん、源ちゃんがぁ……」

「どれ、お姉ちゃんが叱ってやるから、待ってなさい」

八つ年上のおまきは、悠然と出て行って、源太郎に拳固のひとつも食らわせる。そして、おあやの頭を撫でてやる。

「おまきちゃん、ありがと」

そんなとき、おあやは、頼もしそうにおまきを見上げたのだ。自分が信頼できる唯一無二の存在として。

そのひたむきな眼差しが、今、おまきではなく、新九郎に向けられていた。

この子が身も心も預けているのは、わたしじゃなくて、新九郎様。おあやは大人になったんだもの。それは当然のことだわ。だけど、だけど、わたしは……。

「おあや、あんた、本当に新九郎様のことが好きなのね」

「ええ。このひとがいなきゃ、わたしは生きていられない」

「なら、覚悟を決めなさい」

「おまきちゃん……」

「新九郎様とふたりで、生きる覚悟を決めなさい」

「……」

「この世の中でたったひとりのひとだと思うなら、添い遂げる覚悟を決めなさい。もう一時も離れられない、決して別れられないと思うなら、一緒に生きる覚悟を決めなさい。それなら、わたしが全力で支えてあげる。なんとしても添えるようにしてあげる。でも、死ぬ覚悟は……死ぬ覚悟なら……いやよ、わたし、そんなことに手は貸せない。見逃すなんて出来ない。だって、わたしは、あんたのお姉ちゃんだもの」

本当に恋をしたら、女は覚悟を決めなきゃいけない。行き場を失い、流されて、途方に暮れても、いつかは覚悟を決めなきゃいけない。

恋に生きるか、それとも、死ぬか。

だけど、死なせるわけにはいかないじゃない。いくら大人になったって、恋する女になったって、おあやはわたしの妹だもの。それは、今までもこれからも、決して変わらないんだもの。

「お嬢様の仰る通りでございます。お亀もお見逃しは致しません」

普段は決して出しゃばることのないお亀が、決死の形相で、おあやの腕をしっかりとつかんだ。

おあやの目から、涙があふれた。

「わたしだって、死にたくない……でも、どうすればいいの？」

ぴたりと寄り添う若いふたりを前にして、おせんが言った。

「おまきさん、このふたり、今夜はわたしに預けてくださいませ」

「おせんさんのお宅にですか」

「ええ。おまきさん、あなた、お嬢様育ちにしちゃ、話の分かるおひととお見受けしました。そこまでお妹さんをお思いなら、わたしも一肌脱ぎましょう。今、この場でふたりを引き裂いても、また同じことを繰り返さないとも限りません。若いってのは、無茶なものでございます。及ばずながら、今夜ひと晩、じっくり話を聞いてやりたいと存じます。いかがでございましょうか」

確かに、このまま連れ帰っても、おあやはまた家を抜け出すかもしれない。

「そうね。わたしも、おとっつぁんとよくよく話し合って、この子たちにいいようにしてやろうと存じます。おあや、新九郎様、きっと悪いようにはしないと請け合うわ。だから、わたしに任せてくれるわね？」

ふたりは黙って、しかし確かにうなずいた。

お亀だけは、おあやの腕を取って放さない。

「お嬢様、お亀もお供をしたく存じます」

「そうね、お亀、あんたおあやについていて」

「かしこまりました」

一同は留吉たちの舟に乗った。おせんたちを深川に送り、最後には蔵前まで、丈二とおまきのふたりになった。

川は静かであった。星の瞬きのように、灯火がゆらゆら揺れている。

疲れているはずなのに、眠気は感じられなかった。これからのことを考えると、否が応でも目が冴えてくる。

「おとっつぁん、心配しているだろうな」

「おあやちゃんが見つかったことは、すぐに知らせをやったから、首を長くして帰りを待っているだろうよ」

「そう。ありがとう。なにからなにまで、あんたには本当に世話になっちまった。恩に着ます」

おまきは揺れる舟の中で膝を揃えて居住まいを正すと、深々と頭を下げた。

「よせやい、おまえらしくもない」

「どこがよ。しおらしくて、実にわたしらしいじゃないの。しばらくあんたには頭が上がらないわ」

「どうなるかな、あのふたり」

「なんとかなるわよ、きっと。いや、わたしがなんとかしてやらなきゃ。他ならぬたったひとりの妹が本気で惚れたんだもの。添わせてやりたいじゃない」

「どうかな。惚れた腫れたなんて、熱病みたいなもんで、すぐに冷めるんじゃねえのか」

「そういうのもあるけど……本当の恋って、きっとあるのよ。このひとだ、って思える本物の相手が、きっといるのよ。あのふたりはそうなんだと思う。そう思いたいの」

「そうだな。これだけ大騒ぎしたんだ。本物でなきゃ、困らあ」

「そうね。ははは」

遠慮なく大口を開けて笑いながら、おまきは、丈二との間にしこっていた居心地の悪さが、いつの間にか雲散霧消しているのに気がついた。

このほうがいい。夫婦とか、恋人とか、そういうのじゃなく、丈二とは、いつまでもこんなふうに気の置けない友達でいられれば……。

「なあ、おまき」

「あん？」

丈二は揺れる舟の中で、よろけながら居住まいを正した。

「例の、俺の嫁取りの相談だが……よし、言うぞ……俺、ずっとおまえが好きだった。嫁にするなら、おまえしかいないと決めていた」

きた。どうしよう。

「あのね、丈二、わたし……」

「でも、吹っ切れた」

「えっ？」

吹っ切れた？　それって、どういう……。

「助にいに会っただろう？　おまえってば、助にいにぼうっとなっちまって、ずっとそばに居た俺には、見向きもしねえくせによ。やっぱり、俺は、おまえの言う『このひとだ』と思える相手じゃねえんだな、とつくづくそう思ったよ。俺じゃ、駄目なんだなあ、って。

そうだろう？」

そうだけど。

「でも、正直、まだ迷っていたんだが、今日のことで、思い知ったよ。おあやちゃんと篠田様は、一緒に死のうとまでした。意気地がないようだが、俺には、そんな真似できねえ。だが、まきのうみ、おまえは、一緒に死んでくれろと手に手を取って逃げてくれる、そういう男がいいんだろう？」

確かに、そうなんだけど。

「実は、縁談がある。俺、決めたよ。身を固めることにする。急にそんな気になったんだ。俺も年かな、ははは……あ、おまえも同い年だったっけ」

だから、ひと言多いんだってば。

「そんなわけで、来年には可愛い嫁さんを貰うことになる。おまえも、早く良い男見つけろよ。いい加減、夢みたいなあいつのことなんか忘れてよぉ……例の、ほら、なんていったっけ、鯖《さば》の君」

「光る君っ！」

「ああ、そのひかりもの。もっとも、そいつがおまえの『このひと』だってんなら、待ち続けるより仕様がねえけどなあ。そしたら、おまえは、本物の嫁かず後家になっちまうな。ははは」

全く、大きなお世話なんだってば。

丈二ってば、ほんとに、ひと言多くって、馬鹿で間抜けで意気地なしで女たらしで……でも、憎めない奴なんだ。本当のところ、滅法界良い奴なんだ。そして、なによりも、こんなわたしのことを、ずっと大事に思ってくれていた。

「……丈二」

「あん？」

「おめでとう」

「ありがとよ」

さっぱりとした笑顔を見せて、丈二が応えた。

ほんとに吹っ切れたんだね、あんた。

「お幸せに」

「ああ。幸せになるさ」

「先越されちゃったわね」

「すまねえな」

川筋の灯火が遠くなる。蔵前はもうすぐなのに、おまきはなぜだか、遠く知らない町に流れ着いたような心細さを覚えた。

不思議。振ったのはわたしのほうなのに、なんか、振られた気分だ。

「おい、まきのうみ」

「なによ」

「逃がした魚は大きいぞ」

ふてくされたように横を向いた丈二は、はっとするほどいい男だった。

第五話　めぐり逢ふまで

一

昼ごろになって、おまきはようやく起き出した。

深川におあやたちを残して、丈二と蔵前に戻ってきたのがすでに深更。それからがひと騒動だった。

動転しておまきを質問ぜめにする宗助とおみちをなだめ、それからやっと、おあやの今後を話しあった。ようよう寝床に入ったのが、明け方である。

気はたかぶっていたが、その実、疲れていたのだろう。横になると同時に泥のように眠りに落ちて、ふと目覚めると、障子に弱い光が差していた。なんとなくいつもとは勝手の違う落ち着かなさにせかされるようにして、身づくろいをし、庭に降りてみた。

空は曇天、鳥のさえずりも聞こえない。ぽかりと空いたうろのような、妙に静かな午後である。

あ、そうか。

いつもならうるさく尻を叩いてくるお亀がいないのだ。なにかと生意気な口をたたくおあやもいない。

宗助やおみちも、商売どころではなく、事の始末に奔走しているのだろう。

物問いたげなお春の給仕で、朝とも昼ともつかぬ食事をすますと、さて、これからなにをしていいかわからなくなった。

「うまく事が運べばいいけど……」

宗助とおみちが戻ってきたのは、夜も更けてからであった。おあやとお亀の姿は見えない。

「まったく、おあやがあれほど頑固だとは思わなかった……」

開口一番、あきれたように宗助が言った。額や口元には、昨夜まではなかった皺が深く刻まれ、目の下には隈ができている。元が端正な面立ちだけに憔悴の色が痛々しかった。

「それで、おあやは？　篠田様ではご当主がお怒りなの？」

宗助は、たたみかけるおまきを片手で制して白湯をひと息に飲み干すと、弱々しげな笑みを浮かべた。

「まあ落ち着きなさい。それが、篠田様というのは、お武家にしてはさばけた御仁でね。なんとかふたりを一緒にしてやれる方はないか、とおっしゃるのだ」

「そうなんですか」

新九郎の父親は、深川芸者のおせんと恋仲になったことがある。もしかすると、自分は叶えられなかった恋の道を、せめて息子に許してやりたいと思ったのかもしれない。

「今夜は遅くなったから、おあやとお亀は深川にもうひと晩お世話になることにした。とにかく、どうにか片がつきそうだ」

「よかった。おっかさんもお疲れ様でした」

「それもこれも、おまきのおかげですよ」

おみちも、やはり疲れきった顔をしてはいたが、弱々しい笑みを浮かべた。

「さて、わたしは寝るよ」

宗助は安堵のしるしのような大あくびをして、おみちに世話を焼かれながら寝間に向かった。


明けて早朝。

「うーん、いいお天気」

抜けるような青空に向かって、おまきはひとつ伸びをした。おとといのだるさはきれいに消えていた。今日も暑くなりそうである。

「あらっ」

伸びをした拍子に、妙なものが目についた気がして、おまきは足早に庭に降りた。

垣根沿いのいろは紅葉がほんのり色づいている。

夏色の紅葉は朱色の茎に緑の葉。その重なりあった緑のかげに、ほんのり染まった柿色がのぞいていた。

「うそ、もうそんな季節になったの？」

しかし、見渡してみても、秋らしく色づいている木は他にない。

「気の早い紅葉だこと。あ、でも、もしかして、もう七夕じゃないの」

おあやの騒動で竹飾りどころではなかったが、季節は確実に移ろっているのである。

お亀が戻ったら、早速支度をしよう。

まずは短冊を……と紙を探していると、廊下の向こうからおみちのあわただしい足音が近づいてきた。

「あらおっかさん、おあやたち、帰ったの？」

「いえね、まだなんだけど……」

おみちは物言いたげに言葉を切った。

「どうかしたの？」

「お目見えのことなんだけど……」

「おめみえ？」

おまきはとっさに、なんのことかわからなかった。

「やっぱり御屋敷にお断りを申し上げなきゃいけないかねえ……」

そこまで聞いて、おまきははたと思い出した。

おあやのお目見え！

「お目見えって、御殿奉公のお目見えよね？　御屋敷の大殿様に御目通りを願うってやつ、それって、確か今日か明日……」

「今日なんだよ」

おみちは、自分でも驚いたかのように目を丸くした。

「ええっ、おっかさん、もしかして、まだお断りを申し上げていなかったの？」

「うん……」おみちは諦めきれない様子でおまきを見た。「だって、もしも、おあやの気が変わったら……」

「変わりませんっ！」

心中騒ぎまで起こして、いまさら御殿奉公もないだろう。

「そりゃわかってるけど、もしも……」

「変わりませんって！　駆け落ちまでしたのよ。おとなしく言うことを聞くはずがないじゃない」

「……」

「もうどうするのよ、おっかさんったら。昨日ならまだしも、今日の今日になってお断りだなんて、伯母様の面目丸つぶれじゃないの」

「そうかい？」

「そうかいじゃないわよ。おあやがいなくなったとき、どうしてすぐに算段してくれなかったのよ」

すると、おみちは堰を切ったようにまくしたてた。

「だって、ことは御殿奉公だよ。篠田様との縁組がなるにしろならないにしろ、御殿奉公が役にたちこそすれ、邪魔にはなりゃしないよ。今ここで断っちまっちゃ、この先、こんな機会は二度とないんだよ。ここがあの子の正念場じゃないか」

「そりゃ、そうだけど……」

「もうじき戻るはずだろう？　おまき、おまえから言ってくれないかい。そうすりゃ、あの子もその気になるかもしれないだろう？」

「そうねえ……」

おみちの気持ちもわからないではない。新九郎は玄人はだしの三味線弾きとはいえ、生まれも育ちもれきとした武家である。そのひとの妻になろうというのである。長い目で見れば、花嫁修業代わりに御屋敷奉公をしたほうがいいに決まっている。

ここはひとつ、姉として、びしっと言ってやるか。

「よし、わかったわ、おっかさん。わたしが筋道立てて言い聞かせてみます」

おまきがどーんとひとつ胸をたたくと、おみちは安堵の笑みをもらした。

「やっぱりおまえは頼りになるねえ……おや、帰ってきたようだよ」

裏口からけたたましい笑い声が聞こえたかと思うと、おあやが小走りに現れた。そのあとからお亀が息を切らせて追いついてきた。

「うふふふ、うふふふふ……いやだ、おまきちゃーん、うっふふふふふ……」

「あ、あんた、おあや、どうしちゃったの、うふふって……」

上気した頰にこぼれんばかりの笑みを浮かべて、おあやは甲高い声で笑い続けていた。

「うふふふっ、昨日はありがと、おまきちゃんっ、うふふっ」

「あ、いや、いいのよ、ところで、あんた、ごてんぼうこ……」

「うふふふっ！　ちょっと聞いてよ、おっかさんもおまきちゃんも！　深川のおっかさんが……おせんさんのことだけど、夫婦養子のくちがあるかもしれないってそうおっしゃるの。うふふ、うふふふっ！」

「夫婦養子って、それよりあんた、ごてんぼ……」

「だってだってぇー、新九郎様は篠田の家を継ぐわけじゃないしぃー、わたしだってどうせ家を出る身だもん。それもいいかなって。いいわよね、おっかさんもおまきちゃんも、祝福してくれるわよね。うふふっ」

「ちょちょ、ちょっと、でも、その前にね、あんたは花嫁しゅ……」

「花嫁だなんて、いやーん、おまきちゃんったらぁー、でも、そうよねえー、わたし、花嫁なんだわ、いやん。そうよ、新妻ってやつよねー、やだ、恥ずかしい、うふふっ。でも、新九郎様ったら、わたしのこと、おあやどの、なんて呼ぶのよー、やだわ水くさい、あやと呼んでくださりませ、って、わたし、申し上げたんだけど、新九郎様ったら、なかなか呼んでくださらないのー、わたしはね、新さま、なんて呼んだりしちゃったりしたいんだけど、あちらが、おあやどの、だと、こちらも、新九郎様、なんて、いつまでも他人行儀で……いやん、でも、それもなんか、初々しくっていいかなーなんて。うふふっ、わたしたち、幸せになりますっ！　笑いの絶えない御家《おいえ》にしてみせますっ！　うふふっ！あ、そうだ、片倉屋さんにもご挨拶に行かなきゃ……んもう、しなきゃならないことがたくさんあるのよー。新妻って忙しいわあ、うふふっ！　じゃ、またあとでねー、うふふふっ」

「ちょっと、あんた、ごてん……」

おまきの言葉など耳に入らない様子で、おあやは疾風《はやて》のように去っていった。お亀がおまきに目くばせして、またもおあやを追いかけていく。

「あーあ、舞い上がってる。ありゃ無理よおっかさん。妄想ほとんど無我の境地、取り付く島がないというのはこのことね」

「なんだかあの子、おまきに似てきたねえ」

おみちもあきれたように目を丸くしている。

「失礼ね、わたしはあんな馬鹿笑いしないわよ」

「そうかねえ」

「まったくもう、確かに笑いの絶えない御家にはなりそうだけど、あんな浮ついた状態で御屋敷奉公なんて無理無理。おあやのことはお亀に任せて諦めましょう。早くお断りをしなくちゃ」

するとおみちは眉根をよせてつぶやいた。

「でもう、お駕籠が迎えに来るよ。おとよさんが差し向けて下さるはずだから」

「えーっ！　なにそれ、おっかさん、なんでそんなこと今まで黙って……」

「よおっ、まきのうみっ」

「丈二……」

いつものごとく、いつの間にか丈二が縁側に座っていた。おまきのことは本当にすっかり吹っ切れたらしく、突き抜けたような明るさである。

「どうしたんだ、でかい声出して。また誰か家出したのか？」

「……洒落にならないわよ」

おまきが横目でにらみつけても、丈二は「お茶ないのかあ」とあたりをきょろきょろ見まわしている。

「ないわよ。お亀は留守だもん」

「そうそう、そこでおあやちゃんに会ったぞ。浮かれてたなあ。うまくいきそうなんだろ？　それなのに、なんだその顔。おばさんも、ふたりしてお通夜みたいだなあ」

「そのおあやのことよ。実はね、今日が御殿奉公のお目見えの日なの。じきに御大名家からお駕籠が来るんだけどさ、おっかさんたら、ご辞退のお知らせをしてないって言うのよ」

すると、勝手に上がりこんで菓子鉢の中を物色していた丈二は、険しい顔で振り向いた。

「そりゃいけねえ。御大名家相手に、今日の今日、お約束を違えるなんて、町人風情がそんなことすれば、御手打ちものだぞ」

「ええっ、丈二さん、本当ですか」

おみちが丸い目をさらに丸くした。

丈二は菓子鉢を抱いたままわけ知り顔で続けた。

「おばさんだって、お武家の気まぐれにいつも閉口しているじゃありませんか。しかも向こうは貧乏旗本じゃないんですよ。御大名ですよ、御大名。『無礼者、そこへなおれっ』と、一刀のもとに……」

「そんな大仰な」

おまきは苦笑いをしたが、こうなるとおみちはだらしない。

「どうしよう、おまき」

「どうしようったって、おとっつぁんは留守だし、おっかさんが丁重にお断りするしかないわよ。ほら、急な病だとかなんとか言えば、向こうも納得するんじゃない？　気持ち悪いぶつぶつができて、殿様にうつるといけないからとかなんとか。今どきの侍がいきなり刀抜くこともないでしょ。近ごろは、町人のほうがよほど物騒よ」

「お咎めを受けたりしないかねえ」

おみちは依然として心配そうである。

「そりゃまあ、おとよ伯母様には申し訳ないけど……」

「そんなに悩むくらいなら、まきのうみ、代わりにおまえが行きゃいいじゃねえか」

「あら」

おみちがにわかに浮足立った。得意げに丈二が続けて言った。

「この際、贅沢は言ってられないじゃありませんか、おばさん。要は、お約束通りに娘がひとり、御殿に上がりゃあいいわけでしょう。まきのうみも一応、女だ」

「失礼ねっ」

「だけど、あちらへは、『あや十五歳』と申し上げてあるものを」

「ああ」

おみちと丈二は同時に声を落とした。憐憫に満ちた眼差しをおまきに注いでいる。

「なによ、その目は。なんなのよ」

「十五か……無理があるな」

「さいでございましょう」

しかし、丈二は思い切ったように膝を打った。

「しかしまあ、それはこの際、よしとしましょう。間に入る者が姉妹を取り違えたとかなんとか、先方をうまく言いくるめて、乗り切りましょう、おばさん、ことは伊勢屋の暖簾に関わることですよ」

「そうですねえ……」

おみちが思案顔になるのを見て、おまきは慌てた。

「駄目駄目駄目。だってわたし、三弦は無理だもの」

「ああ」

再びおみちと丈二が失意の声をもらした。

「そっか、おまえ唯一無二の奇跡の音痴だもんな。歌舞音曲はすべて駄目か。絵も下手だしなあ……あ、そうだ、書があるじゃねえか。おまえ、字だけはうまいからな。御祐筆だってたじたじだろ。書でいけ、書で」

「でも、駄目。駄目だって」

かなり以前、御殿奉公の話が立ち消えになったことがある。どちらにしても、おまきは行く気などなかった。光る君を待ち続けている限り、この家を離れることはできない。

丈二がちっと舌打ちしておまきをねめつけた。

「ははん、また例の鯵《あじ》の君か？」

「光る君っ！　放っといてよ、わたし絶対に御殿には行かない」

「あっ、ちょっと、おまき……」

おまきは丈二とおみちに背を向けて自室に走りこむと、すぐさま錠を下ろした。

「あーあ、また天の岩戸か」

「仕方ないねえ」

追いかけてきたおみちと丈二の声が遠ざかっていった。

おまきは、戸棚を開けて菓子鉢を取り出した。中には、いつの間に補充をしたのか、鳥飼和泉の饅頭がぎっしり詰まっている。

お亀ありがとう。

おまきは菓子鉢を抱いて座り込むと、次から次へと饅頭を口の中に押し込んだ。甘いのか美味いのかよくわからない。それでも、饅頭が口の中をいっぱいに満たせば、おまきの空虚な心も一時的にしろ、満たされるような気がするのだ。

喉が詰まった。とっさに手探りをしたが、詮無く空をかく。

お、お茶がない……。

「げほっ、ごほっ、おえっ」

息苦しさに泣きながら饅頭を呑み込むと、新たな涙があふれてきた。

こんなとき光る君が、涙をふいてくれたら……。

おまきは簞笥を開けると、後生大事にしまっておいた芥子玉絞りの手拭いを取り出し、胸に抱いた。

ああ、光る君。あなたはどこにいるの。どうしたらあなたに逢えるの？　お願いでございます、どうか教えてくださいませ。

おまきは赤ん坊のように手足を縮めて畳に寝転がった。胸に抱いた手拭いが脈打つように思えるのは、おまきの鼓動が速いからかもしれない。

いつかきっと逢えると信じてきた。あのひとは運命のひとだと。でも、やっぱりわたしの勘違いなの？　諦めなきゃならないの？

呼吸が次第におさまってきた。畳に耳をつけているせいか、ずいぶん近くにおみちと丈二が話しあう声が聞こえた。

「でもねえ、丈二さん、実は少し前に、旦那様に相談したことがあるんだよ」

「なにを？」

「おまきの御殿奉公」

初耳だった。

「おあやよりもおまきを先に出すのが順番じゃないのかい、って言ってみたことがあるんだけど、あのひと、どうしてかとたんに機嫌が悪くなってね。あれは駄目だ、って。剣もほろろだったよ」

聞き捨てならない。

おまきはにわかに身を起こした。

「駄目だって、なにが駄目なんでしょう」

「さあねえ。とにかく、おまきに御殿奉公は無理だとかなんとか言って、それっきりさ」

ますます聞き捨てならない。

「御殿奉公くらい、まきのうみにもできると思うがなあ」

「わたしもそう言ったんだけど」

いったいなにをもって、宗助はおまきの奥奉公を許さないのか。

丈二があざけるように言った。

「でもまあ、考えてみれば、今や町人が奥勤めをするには歌舞音曲が必須だからな。音痴じゃ門前払いよ。ははは」

失敬な。

奥奉公というのは、そもそも教養溢れる子女のお勤めじゃないの。おとよ伯母様のように、才色兼備の御女中こそが、奥勤めの資格があるんだわ。それをなによ、三弦だ歌だ踊りだなんて、芸者を呼べばすむことじゃないの。

考えれば考えるほど、むらむらと怒りがわいてきた。

してみれば、以前におまきの御殿奉公の話が持ち上がったとき、反対したのは宗助だったのだ。店が大変なときでもあり、そのうち立ち消えになったのかと思っていたが、そうではなかったのだ。宗助は、おまきに御殿奉公などつとまるはずがないと思いこんだに違いない。

太平楽に「まあそれはいいとして、おばさーん、お茶くださーい、あと、まともなお菓子も。これすっかりしけっちまってるんで……」とへらへらしている丈二の声を聞くにつけ、胸に兆した怒りは切なさに変わっていった。

あの丈二までが嫁を取る。おあやだって所帯を持つ。宗太郎が妻帯して店を継ぐのもそう先の話ではない。

わたしはひとり、逢えるあてもない光る君を待ち続けて朽ちていくのか。

おまきは唐突に、起きがけに目にしたいろは紅葉のことを思い出した。夏色の葉かげでいつのまにか色づき始めた柿色の葉。

知らず知らずのうちに、時は移ろうのだ……。

おまきはむくりと起き上がった。そして錠を外すと、部屋を飛び出した。

「おっかさん、わたし、行く。おあやの代わりにお目見えに行く」

「わっ、急にどうした、まきのうみ」

丈二とおみちが目を見開いておまきを見返した。

「……でも、おとっつぁんが」

「おとっつぁんがなんと言おうと、行く」

じっと待っているだけではいけない。なんでもいい、今の状況を打破しなくてはならない。それには、この降ってわいたような機会が打ってつけではないか。

御殿奉公。華やかな女の園。奥方様や御姫様にお仕えする雅やかな暮らし。しかも、御女中は皆、身元も人となりも選びぬかれた娘たちである。

考えてみれば、けっこう向いているかもしれない。

おまきの心は決まった。

さようなら、光る君。二度と会えないあなたをお慕い申し上げているからこそ、わたしは御殿に上がるのです。これまでもこの先も、あなただけがわたしのたったひとりの愛しい君。いついつまでも思い続けて、わたしはひっそりと御殿の奥で年老いていきます……あ、でも、もしもかっこいい若殿様とかに見初められちゃったりしたら、どうしよう。おまきや、美しいお前の姿が余をとらえて離さぬのだ。もそっと近う……なんつって、若殿様がわたしの手なんか握ったりして、振り払うわけにもいかないから、わたしはそっと身をよじって申し上げるんだわ。お許しくださいませ、わたしにはお慕い申し上げている殿方が……なんだと、そんな男のことなど余が忘れさせてやろう、もそっと近う……ああ、なりませぬ、もそっと近う……。

「……ああ、なりませぬ、なりませぬ」

「どうしたんだ、まきのぅみ、もぞもぞして。尻でもかゆいのか？」

はっと気がつくと、丈二の間抜け面が目の前にあった。

「なっ、なんでもないわよっ」

おみちは怪訝そうにおまきの目を見て言った。

「本当にいいのかい？」

「いいの。この際だから、とことん妹の尻拭いをしてやるわ」

丈二が手を叩いて言った。

「それでこそ男の中の男だ、まきのぅみ」

「女です」

「そうと決まれば、すぐに着替えをおし。ぐずぐずしなさんな」

おみちは急に元気をとりもどし、あたふたと仕度に取りかかった。

二

おとよ伯母からさし向けられた駕籠に小半時も揺られただろうか。

町屋の喧騒をぬけ、ひなびた静けさに包まれるにつれ、おまきはにわかに不安にかられた。

これから向かうのは、駒込にある大月藩五万石の下屋敷である。御屋敷の庭園は広大な敷地に粋を凝らした見事なものであると聞く。今は、御隠居なされた大殿様がお住まいだ。

身代わりなんて、本当に大丈夫だろうか。

大殿様はわたしを見て、薹がたっているだの話が違うだのとお怒りにならないだろうか。三弦を弾く娘をとお望みなのに、筆なんて持ったって興ざめじゃなかろうか。もしも、嫁き遅れ小町の噂がお耳に入ったらどうしよう。祟りの噂を知られたら大変なことになる。町人の分際で武家を愚弄するか無礼者、なんつって、問答無用で斬り捨てなんて……。

思わず、ぶるるっ、と身震いが出た。

それに、気がかりはもうひとつあった。

例の芥子玉絞りの手拭いが、見あたらないのである。

簞笥から取り出して、胸に抱いて、畳に寝転がって……それまでは覚えている。部屋から飛び出して、お目見えに行くことに決まって……それからが、どうしても思い出せない。

駕籠に乗る間際になって、おまきは手拭いを捜した。お守り代わりに身につけていこうとしたのだ。しかしみあたらなかった。脱ぎ散らかした衣類や反故紙の間までくまなく捜したが、どこにもなかった。

簞笥に戻した覚えはない。かと言って、あんな大切な物を邪険に扱うはずもない。間違えてなにかと一緒に捨てちゃったんじゃ……。

おまきは気が遠くなった。

光る君とわたしをつなぐたったひとつの絆。あれがなきゃ、わたし、生きていけない……。

体がぐらりと揺れて、おまきはあやうく駕籠から落ちそうになった。

「あわっ、あわわっ」

どさりと駕籠が地面に下りた。

「やだ、なに、どうしたのよっ」

「ご到着でございます」

慌てふためくおまきに反して、外から静かな声がした。

「えっ、到着?」

おまきはおそるおそる駕籠から降りた。

「あらまあ」

目の前に背の高い薄《すすき》が生い茂っていた。見渡せば、そこは蔵前のこんだ町屋とは似ても似つかぬ広々とした秋の野原である。茅の香りがなぜだかなつかしい。

風が一陣、さわさわと薄野原を揺らして渡っていった。その風は、おまきの汗の浮いた額や縮れた後れ毛を優しく撫でていった。心に巣食っていた恐れもおののきも風にさらわれたかのように、いつしかおまきの心は凪いでいた。

行くしかないか。

風に背中を押されたかのように、おまきは腹を決めた。

ここまで来たのだ。もし不都合があろうとも、おとよ伯母様に正直に事情を打ち明けて、ご指示を仰ぐしかない。

おまきは失くしてしまった手拭いを胸に抱くつもりで、腹にぐっと力をこめた。

うっとりするようないい香りを漂わせた美貌の御女中が、かしこまっておまきをうながした。

「豊野《とよの》様がお待ちでございます」

豊野とは、御殿に上がったときにおとよが主家からいただいた名である。

豊野様、かあ……。

ずっと以前にお目にかかったきりの、おとよの優美な姿が目に浮かぶ。

おとよ伯母様が豊野ってことは、もしわたしが御殿に上がったら、なんて呼ばれるのかしら。おまきだから、えーっと……まきの？　まきの……まきの、うみ？

えっ、やだっ。

唐突に丈二のへらへら笑いが浮かぶ。相撲取りの真木の海は江戸に知らぬもののない大力士、今も絶対の強さを誇って横綱街道驀進中である。

もし、まきのだったら、ご辞退しよう。だって、誰かがきっと陰口叩くに決まってる。御殿に上がってまでまきのうみじゃ、かなわないわ。

ぶるぶると首を横に振るおまきを、御女中は不思議そうに小首を傾げて見返した。

「どうぞ、こちらでございます」

「は、はあ」

歩き始めて、おまきは思わず目をみはった。

広っ！

そこは庭というより、森であった。

樹木が鬱蒼と茂り、どこまで行っても建物が見えない。遠くに小高い丘がある。水音がすると思っていたら、丘の向こうに水しぶきを上げる滝が見えてきた。滝の手前には川が流れ、朱塗りの橋がかかっている。

大商人には、風雅な別邸を構えている者もいて、おまきも父と一緒におよばれしたことはある。しかし、御大名家の御屋敷というのは、どうやら桁違いであるらしい。御女中はすべるように先を行く。しとやかな足運びだというのに、これがすこぶる早足である。

まさかくの一じゃないわよね。

おまきは追いつくのに息が切れ、めまいがしてきた。

喉が渇いたわ。そういや、お腹も減ったわ。

慌てて支度をしてきたせいで、今までほとんど飲まず食わずである。

御女中との間がどんどん開いていく。追いつこうとすればするほど、遅れが大きくなっていく。

「待って、水を一杯……あっ」

転げそうになって思わず地面に膝をつくと、耳元でさらさらと涼しげな水音がした。

「み、水……」

川である。

渇きに耐えかね、おまきは清流に手をひたした。口に持っていこうとすると、手のひらにぺたりとはりつくものがある。

「なにこれ」

朱色の茎に緑の葉。

「いろは紅葉……」

視線を下げると、二枚三枚四枚と、蛙の手に似た小さな緑の葉が次々に流れてくる。よく見ると、どれも緑が色あせ、茶色くなりかけた朽ち葉であった。

秋になっても朽ち葉は色づかない。まめに取り去れば新しい葉が生えてくるから、より美しい紅葉を楽しもうと誰かが手をかけているのだろう。

ようやく立ち上がると、御女中の姿が見えない。

「御女中様？」

呼ばわってみたが、答えの代わりにさわさわと木々が鳴るばかりである。

「御女中様、御女中様」

あせったおまきは駆け出した。草むらをかきわけ木々の間を通り抜け、はたと気がつくと、薄暗い林の中にいた。

「やだ、わたしったら、もしかして迷った……？」

おまきは愕然とした。

まずい、どうしよう。

なにを隠そう、おまきは方向音痴なのである。

丈二に言わせれば、完全無欠の五里霧中。

何度も訪ねた場所ですら、ひとりではたどり着けない。ましてや、初めての場所では、たちまち右も左もわからなくなる。絵図を見せられようが、詳細な道順を示されようが、いつのまにか方向を失っているのである。

小さいころは近所で遊んでいてもよく道に迷った。ちょっと遠くまで行ってかくれんぼうなどしていた日には、自分がどこに隠れているのかわからなくなった。友達が総出で捜し出してくれるまで、隠れた場所で泣きながら待っていた。

慣れた浅草ですら、ちょっとぼんやりしていると、とんでもないほうへ歩き出して、お亀に引き戻されるのである。

いつもはお亀がいてくれる。だからなんとかなっていた。

でも今は、知らない場所におまきひとりきりである。

ここはどこ？

おまきは天を仰いだ。

雲ひとつない青空をにらんでいても、方角はわからない。

でも、いくら方向音痴だからって、まさか、ひとんちの庭で迷うことなんかないわよね。

気を取り直して歩き出すと、いくらも行かないうちに木々の合間から建物の屋根が見えてきた。

御屋敷だわ。

おまきはほっと胸を撫で下ろした。

なあんだ、近いじゃない。あー、よかった。大名屋敷、恐るるに足らず。

ところが、林がひらけて見えてきた建物は思いのほか小さなものだったのである。

これが御屋敷……？

竹林を背負ったそれは、しつらえは凝っているが、広さはせいぜい百姓家ほどしかなく、とても御大名家の下屋敷には見えない。

違うじゃないの。もしかして、御屋敷の敷地から出ちゃったの？　ああんもう、どうしよう。ここはいったい、どこなのよ。

今にも泣きそうになりながら道なき道をかき分けて、その建物に向かっていくと、再び水音が聞こえた。

川だ！

川をたどれば、さっきの道に出るんじゃなかろうか。

おまきは水音を求めて遮二無二歩いた。

すると、ふいに景色がひらけて件の建物の裏に出た。さらさらと静かに川が流れている。

岸辺で男がひとり、こちらに背を向けていた。かたわらに背の高さほどのいろは紅葉が枝を広げていて、男はしきりにその葉を千切っていた。

葉はひらひらと男の足元や木の根方に舞い落ちて、時折風にさらわれ、川面に浮かび流れていった。

さっきの朽ち葉はここから流れてきたのね。

ふとおまきは木の香を嗅いだ。

さわやかなどこか懐かしい香……。

香りの記憶を呼び覚まそうと足を止めたおまきの目の前で、気配を感じたらしい男がこちらを振り返った。

おまきは目を疑った。

すらりと背の高い立ち姿。鑿で刻んだように深い二重瞼の切れ込み。作り物のような形のよい鼻や唇、よく鉋をかけた木肌のような滑らかな頬。

「何者だ」

男が声を発した。

張りのある澄んだ声、間違いない……。

光る君！

目の前が突然暗くなり、おまきは気を失った。

三

目覚めて最初に飛び込んできたのは、心配そうなおとよの白い顔だった。久しぶりに見る伯母は記憶通りの美しい人であった。

「おお、気がついた。おまき、いかがですか。大事ないですか」

おとよはおまきをかき抱き、震える手で頰を撫でてくれた。伯母の体から匂う香は高価なものであるだろうに、不思議と旧知のように懐かしい。おまきは、自分がほんの小さな童女に戻ったような安らぎに包まれた。

「……大きくなりましたね。この前会ったときはまだほんの子供だったのに、すっかり大人になって……心配しましたよ。いったいどうしてあんなところで……」

おとよは涙を浮かべていた。

伯母様……わたし、どうして……そうよ、お目見えに来て、道に迷って、そして……。

「光る君！」

おまきはがばりと跳ね起きた。

「光る君は？　あの方はどこ？」

とたんにおまきの腹が、ぐうう、と盛大に鳴った。

おとよがおっとりと微笑んだ。

「夢を見ていたのですか？　急に倒れたというから、驚いてお医者を呼ぼうとしたら、おまえときたら、うわ言で、喉が渇いたお腹が空いた、と繰り返していたのですよ。ほほほ……仕度させていますから、遠慮なく召し上がれ」

御女中の差し出す白湯をごくごくと喉を鳴らして飲み干し、漬物を菜に白飯をどんぶり三杯かきこんでしまうと、やっと人心地がついた。靄がかかっていたような頭の中が次第にはっきりしてきた。

「伯母様、お久しゅうございます。ご迷惑をおかけして誠に申し訳ございませんでした」

おとよは目を細めてうなずいた。

ずいぶん長いこと無沙汰をしていたが、おとよのおまきを見る目は、以前とちっとも変らずあたたかい。おとよは、あさひというおまきの亡くなった母をことのほか可愛がっていたというから、その面影を見るのだろうか。

しとやかな伯母の目の前に、自分が食い散らかした皿や茶碗が散乱している。おまきは急に恥ずかしくなった。

「いやだ、わたしったら……い、いつもは、少食なんです。今日はちょっと、気が動転していて、食べすぎてしまって」

するとおとよは、ほほほ、と笑った。

「よいではありませんか。健やかな証拠です。わたしも若いころは痩せの大食いと言われたものですよ」

「本当ですか？　伯母様が？」

「ええ。ご飯の三杯くらい、楽にいただいたものです」

「伯母様も？　本当はわたしも、ご飯は毎日三杯です。四杯目にはそっと出し、なんつって」

「ほほほ、おまきったら」

おとよは身をよじって笑ったが、じきに笑みをおさめて言った。

「それにしても驚きましたよ。来るはずのおあやはやってこないし、なぜか代わりにおまきが来たらしいというのに、おまえときたら、お須磨とはぐれて御屋敷の裏で倒れているし」

おとよが、例の美貌の女中を振り返った。

「申し訳ございません。実は……」

おまきは手短に、ここ数日の出来事を告げた。

「おやまあ、それでおまきが……」

おとよは考え込むようにうつむいた。

「伯母様、わたし、三弦は得手ではございませんが、書をご披露します。粗相のないように致します。どうかお取次ぎくださいませ」

「残念ですが、それは無用のこと」

「伯母様……」

おとよはついと目をそらした。

「代わりの者を上げるわけにはまいりません。あやは病が重くて御殿に上がれなくなったとお伝えしておきましょう」

「あの、お咎めを受けるようなことはございませんでしょうか」

「心配には及びませんよ。よくあることです」

おまきは胸を撫で下ろした。

「じきに日が暮れます。今夜はここに泊まって、明日お帰りなさい。いいですね」

「はい……」

しかし、お目見えよりなにより、質したいことがある。

「伯母様、お尋ねしてもよろしいですか」

「なんなりと」

「わたしが倒れた場所の近くにあった建物はなんでございましょう。あそこにいらっしゃった方は、どなたでございましょう」

知らず知らずのうちに詰問調になったのかもしれない。おとよの顔が険しくなった。

「おまき、そのような詮索はしたのうございますよ」

「申し訳ございません」

「あちらは別邸で、藩主ゆかりの方がご滞在です。みだりに近づいてはなりませぬ」

「かしこまりました」

おまきが肩を落とすと、おとよが声を和らげた。

「日暮れ前に御殿の中を案内しましょう。珍しい調度や御品がございます。他言は無用ですよ」

「はい。ありがとうございます」

おとよは、奥様のお側近く仕える身分の高い御女中である。おとよ自身も何人もの女中を召し使う。先のお須磨などがそうである。

御屋敷は噂にたがわぬ広々とした御庭に囲まれた風雅な建物である。

お揃いの矢絣を着て年若い御女中たちがまめまめしく立ち働いていると、それだけで御殿の中が華やいだ。いつものおまきなら、素晴らしい調度や由緒のある茶道具に夢中になるのだが、今日は違った。

岸辺で朽ち葉を千切っていた男。記憶の中にある光る君にそっくりだったそのひとのことで頭がいっぱいなのである。

藩主ゆかりの方ですって？

男がいったい誰なのか、伯母はそれ以上のことを教えてくれそうになかった。

どうにかして、聞きだすことはできないかしら。

おとよの顔色をうかがいながら、おまきがやきもきしていると、ひとりの御女中が何事か告げにきて、おとよは小さくうなずいた。

「只今参ります。お須磨、後を頼みます。おまき、楽にしておいで」

主人のお召しであろう。おとよはしずしずと廊下を歩いていった。おとよがいなくなると、若い御女中たちが、ほっと小さく息をついた。

あれほど優しい伯母でも若い娘たちにとっては上役、気の張ることもあるのだろう。げんに部屋の雰囲気が、わずかにゆるんだような気がする。

気楽そうにおしゃべりを始めた御女中たちを見ているうちに、おまきは思いついた。

今が好機かもしれないわ。

おまきはすかさずお須磨にささやいた。

「お須磨様、お須磨様、折り入っておうかがいしたいことがございます」

「なんでございましょう」

お須磨は小首を傾げた。化粧は濃いが、おまきより年下だろう。細い目の奥にちらりと好奇の色が浮かぶ。

「先ほどはご迷惑をおかけしました」

「いえ、なんの」

「道に迷ったときにちらっと目にしたんですけど、別邸にいらした若い男の方……」

すると、お須磨の顔が、化粧越しにも目立つほど、たちまちぽっと薄桃色に染まった。

あら、やっぱりご存じね。

おまきは心の中で快哉を叫んだ。

あれほどの美男が近くにいて御女中の間で噂にならないはずがない。若い娘というのは噂話が大好きなのだ。

おまきは、いかにも興味津々、と言った素振りで続けた。

「あのぉ、ほんの少ししか拝見しませんでしたけどぉ、すごーくいい男だったようなぁ」

「でしょう?」

食いつくようにお須磨が前に進み出た。

「榊新之丞《さかきしんのじょう》様とおっしゃる大殿様の御孫様よ」

「御孫様?」

「当代藩主の御妹様の御子息でらっしゃるの。御妹様は家臣に嫁がれたので、榊様も家臣扱いですけど、大殿様のお気に入りなの。江戸に御用があってしばらくこちらで寝起きなさっているの。あの微笑みがたまらないのよねえ。御女中の間では、百万両の微笑みなんて噂してるわ」

「そう……」

榊様。

光る君にぴったりの名のようでもあるし、そうでないような気もする。

お須磨はにわかに眉をひそめて一層、小声になった。

「でもね、おまきさま、あの方には病がございます」

「病？　どこかお悪いの？」

「女癖《おんなぐせ》」

「えっ」

「すこぶるつきの女好きなのよ」

「……」

「あれだけのいい男だから無理もないかとは思うんだけど、そこがねえ」

お須磨は、いつの間にやらくだけた町屋言葉になっていた。

「はじめは大人しくなさっていたのよ。それが、御女中に片端から手をつけたと思ったら、お忍びで遊郭に居続け。そうかと思うと、美貌の尼様と浮名を流して、人妻と道行きまがいのことをやらかして……まあ忙しいったら。あれは病ね。大殿様も醜聞をもみ消すのにひと苦労よ。だからって、処分なさるわけでもないのよね。榊様って、どこか可愛げがあって憎めないのよ。だから女にもてるし、大殿様も、あいつはしょうがないな、なんて大目に見ていらっしゃるのよね」

「……」

「あら、おまき様、お顔の色がすぐれませんわ」

「寝ます……」

「そうね。そうなさったほうがいいわ」

すこぶるつきの女好き？　おまきはめまいがした。また倒れそうである。

四

皆が寝静まったころ、おまきは夜陰に紛れて部屋を抜けだした。

目指すは件の別邸である。

光る君が女好き？　そんなはずない。でも、確かにあの方だった。十六年間いっときたりとも忘れたことのないたったひとりの思い人。でも、まさかその方が稀代の女たらしだなんて、信じられない、信じたくない。

なにかの間違いじゃないかしら。確かめなくちゃ。

夜の御庭は闇の窟。どちらを向いても壁のようである。

しかし、おまきはためらわなかった。

明るくたって、どうせ道に迷うのよ。方向音痴に夜も昼もあったもんじゃない。なまじ明るいから方向を見失うのではないか。

もう、目には頼らない。

おまきはただひたすらせせらぎに耳をすませ、闇をついて川をさかのぼった。深更の川面は、うねる数多の鱗のようにきらめいて道しるべとなった。

ふと空を仰ぐと、地上の川面を映したような天の川が降るようである。月は上弦、天空高く白い舟のように浮かんでいる。

ああ、七夕だったのか。

天の川から地上の川へと目を転じると、どこかに引っかかっていたのだろうか、朽ち葉が一枚流れ過ぎていった。ふと一首の歌がおまきの脳裏に浮かんだ。


天の川もみじを橋にわたせばや　たなばたつめの秋をしもまつ

もみじの葉が橋になって川を渡って恋しい人に会いにいける、だから織姫は秋を待つ……。

目の前を流れ去った葉は、まさに、光る君とおまきを結ぶ橋のように思えた。

やがておぼろげに別邸のかたちが見えてきた。

たどり着いたはいいが、どうしよう。

逡巡していると、いきなり裏口の戸がすい、と細く開いた。おまきは身を固くした。

戸の内側から明かりがもれて、若い女のほの白い顔が浮かんだ。御屋敷の女中のひとりだろうか。女はうつむきがちにおまきのかたわらを走りぬけ、闇にまぎれた。

女……。

おまきの胸に不愉快な思いがちらと兆した。

逢引かしら。

恋は盲目、人の理性を狂わせる。逢瀬を邪魔立てするほどおまきだって野暮ではない。けれど、お須磨から聞いた限りでは、榊という若者のしていることは、まことの恋からほど遠い気まぐれな戯れ事のように思えた。

本当に光る君なのだろうか。

再びしんと静まった裏口に、一条の光がもれていた。戸が細く開いているのである。

ちょっとのぞくぐらい、いいわよね。

おまきは光に吸い寄せられるように、裏口に近づいた。そして、おそるおそる戸口に手を差し入れたとき、向こうから勢いよく戸が閉まったのである。

べちん！

「あ痛ーっ！」

したたかに指を挟まれ、おまきは叫んだ。

「何やつっ！」

直ちに戸が開け放たれて、榊新之丞が険しい顔で身構えた。しかし、おまきを見て、拍子抜けしたように振り上げかけた手を下ろした。

「なんだ、女か……」

ふたりは薄闇の中でしばし見つめあった。

削いだような端正な顔。すらりとした杉のような姿。澄んだ声。なにもかも震えるほどになつかしい。

やはり、この方なのだ。この世の中でただひとり、わたしが思い続けてきたひと。

やっと会えた、やっと。ずっと待っていてくれたの？　わたしのことを……。

すると新之丞は曖昧に微笑んで言った。

「……や、待ってたよー」

えっ？

「遅かったなー、なにしてたんだよ。まあ、いいや。とにかく入れよ」

新之丞は親しげにおまきの肩を抱くと、屋敷の中へ招き入れた。

されるがままになりながら、おまきの頭の中は忙しく回転していた。

待っていたはず、ないわよね？　わたしを誰かと間違えた？

まさか、恋人と見知らぬ女を取り違えるはずもあるまい。それじゃまるで空蟬《うつせみ》じゃないの。平安の世の真っ暗闇でもあるまいし。

おまきの困惑をよそに、新之丞は「いやあ、今日もきれいだね。きみこそ今宵の織姫にふさわしい」などと歯の浮くような台詞を並べたてている。

やはり、取り違えているのだ。かかわった女が多すぎて、いちいち顔まで覚えていないのだ。それとも、手に入りそうな女なら誰でもいいのかもしれない……。

「きみが織姫なら僕は彦星だ。ああ、そうだ、『今宵もし雨が降ったならそれは彦星の乗る舟の櫂のしずくかもね〜』なんて歌があったなあ、山部赤人とかだっけ？……きみ、僕の櫂のしずく欲しい？　欲しいだろ？　ひひひ」

なんだ、こいつは。

これが光る君？　確かによく似てると思う、顔つきも声も。でも、でも。

新之丞を近くで見て、おまきは違和感の正体に気がついた。

そうよ、あれから十六年。

光る君は、今ごろ三十半ばのはずではないか。いくら軽薄だったとしても、ここまで若作りは出来ないだろう。しかるにこの榊新之丞は、せいぜい二十代半ばでしかない。もしかすると、おまきととんとんくらいかもしれない。十六年前は、ほんの子供であったはずだ。新之丞が光る君であるはずがない。

じゃ、こいつは誰なの？

おまきがじっと見つめていると、新之丞がにやにやと笑った。

「そんなに見つめるなよー。明かりを消すよ。さあ、おいで」

「あ、ちょっと、わたし、帰ります」

「なに言ってんだよ。女から夜這いをかけるなんて、俺、そういうの嫌いじゃないな。さあ、おいで」

「だから、違うんだってば」

「なにが違うんだ、恥ずかしがるなって」

新之丞はいきなりのしかかってきた。押しのけようとしたが男の力にはかなわない。

「いやよ、やめて」

「いやよいやよも好きのうち……だろ？　ひひひ」

「やめてやめて……やめろって言ってんのよ、このにやけ野郎っ！」

「に、にやけ野郎、俺の百万両の微笑みを……」

新之丞の力がゆるんだ。おまきはすかさず簪《かんざし》を引きぬき、新之丞の二の腕に突き立てた。

「女の敵、成敗っ！」

「ぎゃっ！」

どたん、とすごい音がした。新之丞が転げたらしい。

おまきは夢中で暗闇の中をはいずって、襖を手探りした。と、同時に向こう側から襖が開いて、勢い余ってつんのめった。

「きゃっ」

「娘、怪我はないか」

ふうわりと檜のような香に包まれたかと思うと、おまきは強い力で抱きとめられた。

「弟が無体をした、許せ」

男はおまきを後ろ手にかばうと、無様に転がる新之丞を叱りつけた。

「騒々しいぞ、このたわけ者！　女に手荒な真似をするなど言語道断」

「違いますよ、兄上、手荒なことをされたのはそれがしのほうで」

「ふざけるのもいい加減にしろ。慎まぬと、しまいには手打ちであるぞ」

兄上？

手燭のおぼろげな明かりに男の姿が浮かび上がっていた。男は新之丞によく似ていた。しかし、その落ち着いた物腰から、新之丞よりも十は年長かと思えた。かといって、爺むささからはほど遠い。年齢が男の依然として若々しい容姿に老いではなく、時を経た漆器のような深みを与えていた。

木肌のような滑らかな頰。澄んだ張りのある声。温かい体。

おまきは、自分の心の臓が早鐘のように打つのを聞いた。全身の血が逆流したかのように、頭がかっと熱くなった。

ああ、このひとだ。

筋道立てて考えたわけではない。ただ、男に触れた瞬間、おまきの総身がそう叫んだ。間違いない、このひとだ。

この世の中でただひとりのひと。待ち焦がれた運命のひと。光る君。

おまきはよろめいて男の肩に手をついた。たくましい腕がおまきを支えた。

「可哀想に……案ずることはない。送ろう、家はどこだ……御屋敷の者だな？」

ああ、あの日も、このひとはこんなふうにわたしをいたわり、涙をふいてくれた……。

優しい声音がおまきの耳朶を撫でたとたん、胸の奥で炎が弾けた。堰を切ったようにどっと涙があふれ出し、おまきはこらえきれずに嗚咽をもらした。

「あ、ああいあ、ううう、ええっ……」

「うん？　なんだ？」

「……あわわ、わたし、十六年前……伊勢屋の……両国広小路の……柳の下で、さらわれて……それで……て、手拭いを……ううっ」

めぐり逢えたら、何と申し上げようかと、何度も稽古をしたはずなのに、胸がいっぱいで言葉にできない。

男がおまきを見つめていた。穴のあくほど。

「そなた、どこかで……」

男がふっとおまきの髪へと目を転じた。

ああ、あのときも。光る君ははずれかけた赤い手絡を結びなおしてくれたっけ。そして、赤がよく似合うって、そう言ってくれて……。

男の手がおまきの髪にのびた。そして、はずれかけた手絡に明かりをかざし、しげしげとながめて言った。

「変わった手絡だな……」

えっ？

おまきは手絡を引き抜いた。

赤じゃない、白。芥子玉絞りの……これって……。

「あった！」

失くしたと思った芥子玉絞りの手拭い、光る君とわたしを結ぶたったひとつの絆。これがどうして……そうだわ、おっかさんたら、慌てていたから、手絡と間違えて、手拭いを髷にかけちゃったんだわ。

「あった……よかった……」

手拭いに顔をうずめて、ふと目を上げると、男が微笑んで言った。

「面白い娘だ……それにしても、そなたは、いったい……」

なにかを思い出そうとするかのように、男は眉をひそめてなおもおまきを見つめ続ける。

恥ずかしさで萎えかける気持ちを奮い立たせて、おまきは告げた。

「し、失礼ながら申し上げます。天明七丁未年五月、お江戸の騒動の折、かどわかされて、あ、あなたさまにお助けいただきました。伊勢屋宗助が娘、まきでございます。もしや覚えておいでではございませんでしょうか」

「……わたしがそなたを助けたと？」

「はい。袋の中に入れられて連れ去られようとしていたわたしを、あなたさまがお助け下さり、家まで送ってくださいました。この、この手拭いはそのとき、あなたさまがわたしにお授け下さった御品でございます」

「……わたしがそなたを」

「はい」

「そなたあのときの……しかし、そなたは……まさか、そのような奇遇な……」

そうよ、なんて奇遇なの！　奇遇だけど、奇跡じゃない。だって、わたし、信じていたんだもの。きっときっと逢えるって。

月が欠けてもまた満ちるように、お天道様が再び顔を出すように、彦星と織姫がきっとめぐり逢うように、どんなに遠く離れても、どんなに時が流れても、いつかきっと逢えるって。逢わなきゃいけないんだって。

おまきは居住まいを正し、男に向かって深く一礼した。

伝えなくちゃ、わたしの気持ち。やっとやっと逢えたんだもの。

息をふうっと吐き出すと、あふれそうに波立っていた心がしだいしだいに凪いでいった。

「あなたさまをずっとお捜ししておりました。お助け下さったお礼を申し上げたくて、お捜ししておりました。当時はまだ頑是なく、為す術もございませんでしたが、もしやあなたさまがお訪ね下さらないかと、あなたさまがお授け下さったこの御品だけを頼りに、ずっとずっとお待ち申しておりました。こんなふうにお目にかかれるなんて……この日をずっと、夢に見ておりました……わたし……」

「そなた、御屋敷の者か？　見かけたことがないが、なにゆえここに」

「はい、本日、お目見えに参上いたしました。御女中の豊野はわたしの伯母でございますので、そのご縁で御屋敷に」

「豊野どの？　ではそなたは豊野どのの姪御であったか」

ふむ、と言ったきり、男は瞬きを忘れたようにおまきを見つめた。

澄んだ瞳、凛々しい声。夢にまで見た光る君が目の前にいる。

早く伝えなきゃ、わたしの気持ちを。

「わたし……わたし……」

言わなきゃ、伝えなくちゃ！　ずっとずっとお慕い申しておりました、あなたさまだけをお慕い申しておりました、どうかおそばに置いてくださいませ！

凪いでいたはずの心が、再びにわかに波立ってきた。気が遠くなっていく。舌がもつれてうまく動かない。

「ず、ず、あ、あ……」

言うのよ！　おまき、言わなくちゃ！

「おおお、おし、おしし……」

「ん？　尿《しし》？　はばかりか？　それは失礼した。その奥だ。とにかく、夜も更けた。屋敷から誰か呼んで来よう」

男はすくと立ち上がり、おまきに背を向けると、あれよあれよと言う間に遠ざかっていく。

行ってしまう！　光る君が。またわたしを置いて……。

「行かないでーっ！」

おまきは叫んだ。屋敷中に響き渡るような大声で。

「行かないで！　行かないでください！　ずっとずっとお慕い申しておりました！」

男はゆっくりと振り向いた。

男と自分との間に糸があるのだとおまきは思った。男と女をつなぐ赤い糸。けれどその糸は、ちょっとよそ見をした隙に見えなくなってしまうのだ。一度見失ってしまえば、たぐりよせようとしてももう二度と叶わない。

今見失えば、もう二度と……。

おまきは声を限りに叫び続けた。見失いかけた糸をたぐりよせるために。

「齢七つのあの日から、ずっとずっとあなたさまだけをお慕い申しておりました！　信じていただけないかもしれませんが、本当なんです、ずっとずっと、あなたさまにめぐり逢う日を待ち望んでまいりました。もうお別れするのはいやなんです！　だから、だから、行かないで！　どこへも行かないで！」

「行かぬ」

男が近づいてきた。男の顔がおまきの顔のすぐそばにあった。ささやくように男は言った。

「どこへも行かぬ。わたしはこの屋敷からどこへも行かぬ。だから……もう大きな声を出すのはおやめ。皆が見ておろう」

おまきははたと我に返った。狭い屋敷とはいえ、奉公人が何人も不思議そうに明かりを掲げてこちらを見ている。榊新之丞も、鳩が豆鉄砲を食らったように口をぽかんと開けていた。

「わ、わたし……」

「どこへも行かぬ。しかし、わたしはそなたが思っているような男ではない」

男の瞳に射すくめられて、おまきはくずれるように座った。

「そなたはなにか考え違いをしておる。残念だが、わたしはそなたが恋い慕うような男ではないのだ」

「……」

「とにかく、御屋敷から迎えを呼ぼう。しかし、あらためてそなたとゆっくり話すと約束をする」

男はあらためて立ち上がった。

「あの……」

光る君、そう呼ぼうとして、おまきは口ごもった。

「あ、あなたさまは……」

男は振り返って言った。

「篠生《しのぶ》だ。榊篠生と申す」

五

駆けつけたおとよにきつく咎められ、御屋敷にもどったおまきは、まんじりともせず夜を明かした。

目覚めると、おとよはすでに御用で他出していて、代わりにお須磨が目を輝かせてすりよってきた。

「ねね、おまきさま、聞きましたわよ」

「えっ、なにを」

「ゆうべの大告白。どこもおまきさまの噂でもちきりでございますよ」

しまった。

別邸は下屋敷から離れているはずなのに。あちらの奉公人から、早くも話が伝わったのだろうか。とすると、この先、好奇の目にさらされることを覚悟せねばならない。自分はともかく、おとよ伯母がどれほど身の置き所のない思いをしていることか。

わたしったら、どうしてこうなっちゃうの……ああ、なんか、おなかすいたわ、もう耐えられない……でも、朝っぱらから饅頭くれなんて言えないし。もうどうしよう。

「ああ……」

空腹に身もだえしていると、お須磨はなにを勘違いしたのか、気の毒そうにおまきの肩にそっと手を置いた。

「泣かないで、おまきさま。ここだけの話、奥女中はみんな、おまきさまのお味方でございます」

「へっ？」

「十六年もひとりのひとを思い続けて恋ひと筋なんて、まるでお芝居みたいで素敵。わたしもそんな恋がしてみたいわ」

いつしかくだけた言葉遣いになったお須磨は、うっとりと目をうるませている。

「だから、ね、元気をお出しなさいませ」

「は、はあ」

気遣ってくれるのはありがたいけど、今、わたしすっごく、同情よりも饅頭が欲しい。

「それにしても、おまきさまの思いびとが、榊様は榊様でも、新之丞さまより十も上でらっしゃる御兄様のほうとはね。篠生様は確か、ご病気で長いこと国元で養生なさっていたはず……」

「そうなの？」

「ええ。お若いころは江戸にいらしたこともあるとか。お体を悪くなさって、近ごろやっとよくなられたの」

「そうだったの……」

光る君は国元で病と闘っていたというのか。いくら待っていても会えないはずである。

「篠生様は新之丞さまと違って滅多に人前にお出にならない方なのよ。噂にもならないわけよね。でも、おまきさまがそれほど恋い焦がれるのだもの、きっといい男なのね」

「いや、その」

「まったく、真木舎《まきのや》って、ほんと、いい男ばかりお住まいになるようにできてるのね」

「まきのや？」

「ええ。あの別邸。真木舎というのよ……あら、そういえば、おまきさまのお名前と同じね」

光る君と再会を果たした場所が、おまきと同じ名を持つ御屋敷だったなんて。これもまた奇遇であった。

「いい男ばかりって、他にもいい男が住んだってこと？」

「その昔、殿の弟君の永次郎様が故あって逼塞《ひっそく》なさっていたの。跡目争いとかなんとか、御大名家によくある話よね。その弟君が、それはそれはいい男だったそうよ。篠生様や新之丞様の伯父様にあたる方。榊兄弟はどちらかというと、親しみやすいっていうかちょっと可愛いところがあるけど、永次郎様は冷たい感じのきりりとした美形でいらっしゃったとか。きついお顔立ちで近寄りがたかった、と聞いたことがあるわ」

「へえ。その方、今は？」

「亡くなったわ。若くして。もう二十年以上前のことよ」

「そう……」

「榊兄弟はまだお小さかったころ、その永次郎様に可愛がられていて、国元からよく遊びにいらしたのだそうよ。だから御屋敷よりも、別邸の真木舎のほうが落ち着くんですって。いい男の系譜ってやつね。目の保養だわあ」

お須磨はそこで、あたりを見回すと小声になった。

「ねね、おまきさま、ここだけの話、豊野様は、お若いころ、真木舎で永次郎様のお世話をなさっていたでしょう。あのころ、おふたりの間になにかあったって、ほんと？」

お須磨はまたしても、思いがけないことを言いだした。

「そうなの？」

「ご存じないの？」

「ご存じもなにも、伯母のそんな色っぽい話なんか、聞いたこともないわ」

「それもそうか、昔のことですものね」

「お須磨様はなにかご存じなの？」

「永次郎様も豊野様も美男美女で、永次郎様が亡くなったあと、豊野様はしばらくご実家にひきこもってらっしゃったから、あらぬ噂が流れたそうよ。おふたりの間になにかあったんじゃないか、って。もしも本当なら、お芝居みたいで素敵」

またもやお須磨はうっとりと目をうるませた。

若いころの伯母の恋物語。

御殿での出来事は門外不出。だから伯母の美しいひめごとが、姪のおまきに知らされていなかったのも不思議ではない。

真木舎。伯母様が恋した御屋敷。そこでわたしも篠生様と再会した。こんな偶然って、いったい……。

「ねえねえ、おまきさま、それで、どうなさるの？」

お須磨が膝を進めてきた。

「どうなさるって、なにを」

「篠生様のこと、どうなさるの」

「……」

「もっとも、御身分が違うもの。どうなさることもできないわよね。おまきさま、お可哀想」

「……」

ひと目逢えたら、めぐり逢えさえすれば、なにかが始まるような気がしていた。しかし、実際はどうしようもない身分違いの恋である。

出逢いさえすれば近づくだろうと思っていた光る君とおまきとの距離。それなのに、逢えばますますふたりの距離は離れていくではないか。

わたしはそなたが思っているような男ではない……あれって、どういう意味なの？

七つのときから今までずっと、光る君は誰よりも近しいひとだった。なのに今、篠生様はこんなに遠い。

恋は幻だったの？

あれほどしかとおまきの心を占めていたはずの恋が、目を凝らせば雲か霞のように頼りない。

そのとき襖が開いて、若い御女中が告げた。

「おまきさま、お駕籠がお待ちでございます」

「駕籠？」

おまきはお須磨と顔を見合わせた。

「お迎えのお駕籠がお待ちでございます。急ぎお支度をなさいませ」

「ちょちょちょ、ちょっと待って。わたし、篠生様とお約束が」

あらためてそなたとゆっくり話すと約束をする、あのひとはそう言った。わたしが帰ってしまったら、ふたりの間の糸が切れてしまう。やっとのことでたぐりよせた赤い糸が。

「迎えの駕籠って、ちょっと、どういう……」

有無を言わせず引き立てられて、外に出ると迎えが来ていた。

「おとっつぁん……」

駕籠脇には、険しい顔で宗助が立っていた。

六

おみちとおまきは宗助の前に並んでうなだれていた。

「ゆうべ帰ってきたら、おまきを御殿にやったというじゃないか、驚きましたよ、わたしは。おみちもおみちだ。おあやが駄目ならおまきを、などと、猫の子じゃあるまいし。迎えをやろうにも夜は遅いし、夜明けを待って駕籠を飛ばしたが、あきれてものが言えないよ、まったく」

普段は温和な宗助が、まなじりを上げて激昂していた。

「おあやを思う気持ちはわからないでもないが、出過ぎた真似というものだ。しかも御殿ではおとよさんに大層ご厄介をかけたそうじゃないか。まかり間違えば御手打ちものだよ。おまき、おまえもいい年をして少し軽率だ」

「申し訳ございません」

それもこれも、丈二のやつが余計なことを……後悔しても始まらない。それに、そのにっくき丈二の思いつきのおかげで、はからずも、光る君、篠生様に逢えたのだから。

「なにごともなかったからよかったものの、これからは勝手なことはつつしみなさい。いいね」

「はい……でも、おとっつぁん」

「なんだい、まだなにかあるのか」

「今度のことは今度のこととして、わたしが御殿に上がるというのは悪い話じゃないと思うの。あらためておとよ伯母様に頼んでみてはくれませんか。おあやの代わりではなく……」

そうすれば、また篠生様に逢える。もう一度……。

「なにを馬鹿なことを！」

宗助が青筋を立てておまきを怒鳴りつけた。

「そ、そんなに怒らなくても……別にわたしが上がってもいいじゃない」

「いかん！ 御殿などいかん！ おみち、縁談をさがすぞ、いつまでもふらふらしているのがいかんのだ。年が明けたらなんとしてもおまきを嫁に出す！ いいな！」

ほうほうの体で部屋にもどると、お亀が待っていた。

「お嬢様、お饅頭を召し上がりますか」

相も変わらず、お亀はおまきの心を読むようである。四角い顔はいつものごとく巌のように無表情だが、その不変不動がおまきを安心させるのだ。

しかし、菓子器を前にして、おまきは首を横に振った。

「食べたいけど、食べたくない……」

お亀が茶を淹れる手を止めた。

「どうかなさいましたか」

おまきは、御殿で光る君に出会った顛末を手短に話して聞かせた。

お亀は小さく眉を動かした。驚いたのであろう。

「まあそのようなことがあるとは……。ようございましたねえ。それなのに、お嬢様はなにをふさぎこんでいらっしゃるのですか」

「……ええ、でも」

光る君と篠生様。ふたりは寸分たがわずぴたりと重なっていた。あんなに恋しくて思いつめてきた光る君が、想像にたがわない実体を持って現れたのである。

でも、結局は身分違いの恋だった。今度こそ、ほんとに本気で諦めなきゃいけないのかもしれない。ひと目逢えたのだもの、それでわたしの夢みたいな初恋を終わらせるべきなのかもしれない。でも。

「逢いたいの、篠生様に。そのためにも奥奉公をするのがいいと思うのよ。それなのに、おとっつぁんたら、馬鹿みたいに大声あげて反対して、おかしいわよ。おとっつぁんらしくもない……」

「さいでございますねえ。旦那様も人の親でございますから、お嬢様を手放すのがお寂しいのじゃございませんか」

「いまさら、なにを……」

「お亀さあん、ちょっと」

そのとき、襖の向こうから遠慮がちなくぐもった声がした。女中のお春の声である。

「お客様でございます。お亀さんに直接申し上げたいことがあると、蔵やのおみつさんが……」

「おみつさん？　ちょいとお待ち」

お亀は大きな体に似合わない素早い身のこなしで部屋を出ていった。

足音が遠ざかり、しばらくしてお亀が戻ってきた。

「お嬢様、蔵やのおみつさんから、お嬢様にお言付けでございます」

「わたしに言付け？」

お亀はおまきに身を寄せてささやいた。

「明日、蔵やにてお目にかかりたし。暮れ六つよりお待ち申し候、とのことでございます。榊篠生様よりの……」

おまきは手に取りかけていた湯呑みをひっくり返しそうになった。

「篠生様？　どうしておみつが、篠生様を……」

「蔵やは商談にも使われますが、離れでは御大名家の御用も承っているのでございます。あそこならば、お嬢様も出入りがしやすいとお気遣いくださったのでしょう。下情《かじょう》に通じていらっしゃいますね」

「ほんとに、ほんとに篠生様が」

「はい」

おまきは思い出した。

あらためてそなたとゆっくり話すと約束をする……その言葉を、篠生は守ってくれたのである。でも、でも……。

「お亀、どうしよう」

「お断りになるのですか？」

「えっ、いやよそんなの」

「では、参りましょう。お亀もお供いたします」

つるべ落としの秋の日が道行く人々の長い影を引いて暮れていく。

両国広小路。

川沿いに軒を連ねる料理屋の中でもひときわ大きい蔵やの提灯が見えてきた。はす向かいには、太い柳の木が少し色あせた細い枝をゆらゆらと揺らしている。

光る君……篠生様と出会った場所。

蔵やで来訪を告げると、おみつが心得顔で案内に立った。いつものおしゃべりは封印して別人のように言葉少なである。細い廊下でつながっている離れの部屋に通されるのは身分の高い者だけである。

空には残照が見えたが、奥まった座敷はすでに夜の闇であった。

「お嬢様、しっかりなさいませ。なにかあればお亀が助けにまいります」

「ええ、行ってくるわ」

次の間で待つお亀に励まされ、おまきはひとり、座敷に通された。

「お連れ様お着きでございます」

襖を開けておみつが行燈に火を入れると、先に来ていた篠生の姿がまるで今まさに降臨したかのように浮き上がった。

灯影に照らされ輝くような篠生におまきはしばし見惚れた。

光る君。本当にこのひとなのだ。

感極まってわきあがる思いにむせびながら、おまきは楚々と両手をついた。

「お待たせしました」

「いや、早く着いてしまった。楽にしなさい」

まるで身内を気遣うような篠生の優しい声音に触れて、おまきの心は一気に十六年前に逆戻りした。篠生に抱きかかえられた、幼女だったあの日のように、おまきは素直な心持ちでただ一心に篠生を見つめた。

「さあ、茶を飲みなさい。料理にも箸をつけねば蔵やに申し訳ない」

「はい」

篠生の前には料理が並んでいた。しかし、酒はない。すすめられたらどうしよう、と案じていたおまきはほっとした。

おまきの視線に気がついたのか湯呑みを手にしながら篠生が言った。

「わたしは酒はやらない。病以来、節制しているのでね。もっぱら甘党だ」

ふと目を転じれば、茶の脇に見覚えのある饅頭が添えられていた。

「あ、そのお饅頭はもしかして、鳥飼……」

「和泉。よくわかったな。わたしの好物だ」

おまきの後を引き受けて、篠生が頬をゆるめた。俄然、おまきは勢いづいた。

「篠生様も？　わたしも大好物でございます。鳥飼和泉の饅頭がなくては夜も日も明けませぬ」

「さほどにか？」

「ええ、もう、十個でも二十個でもいただけま……やだ、わたしったら、なに言ってんのよ」

馬鹿馬鹿、わたしの馬鹿っ！

顔から火が出るとはこのことである。

しかし、篠生は楽しげに目を細めて言った。

「ははは、そなたは実に面白い娘だ。そういえば、聞いたぞ。あの日は無礼をはたらいた新之丞にそなたは一矢報いたそうだな」

「あ、いえ、そんな……」

「女の敵、成敗！　はよかったな。簪の一撃で、新之丞は戦意喪失、しょぼくれて見る影もなかったわ。まこと勇ましい」

「申し訳ございません、ご無礼をお許しくださいませ」

顔から火が出るどころか、火あぶりになったかのように全身から汗が噴き出た。

「おいおい、責めているのではない。謝ることはないのだ。むしろ礼を言いたいくらいだ」

「そんな」

「あやつ、近ごろ図に乗っておる。一度痛い目に遭わぬとわからぬのだ。これで少しは懲りたであろう。いや、愉快痛快。よくやってくれた。ありがとう」

「は、はあ、恐れ入ります」

見かけによらず、篠生はさばけた人物のようである。飾らない人柄におまきはますます惹きつけられた。

「それにしても」

篠生は湯呑みを置いて、どこか懐かしそうにおまきを見て言った。

「そなたとは縁があるらしい」

「……はい」

「この間、そなたは幼いころわたしに助けられた礼を言いたかったのだとそう言ったが、あれはまことか？」

おまきは思わず顔を上げ、膝を進めた。

「どうして嘘など申しましょう」

「うむ。そうか。そのことで、話しておきたいことがあるのだ」

「はい」

「天明七丁未年五月、お江戸の騒動の折、あのころわたしは、まだ十八になったばかり。血気盛んで、我こそはひとりで世の中を背負って立とうという意気込みであった。大名家の親戚という身分が息苦しくてのう。こっそり町人のなりをして江戸の町に出ては叱られていたものだ」

当時を思い出すように遠い目をして篠生は続けた。

「あの日わたしは暴徒に交じり、打ちこわしの指揮を取っていたのだ。世の中をよくするのだ、その一端を担っているのだと信じて……わたしは、そなたの家や同業の札差や米問屋を打ちこわすよう指示を出した。いわば、そなたの敵だ」

「いえ、そんな……」

「そなたを助けたのは、行きがかり上のこと。騒ぎに乗じてそなたをかどわかそうとした男をたまたま見かけただけのこと。そもそもあの騒ぎがなければ、そなたはあのような恐ろしい思いをすることはなかった。責任の一端はわたしにある。わたしはそなたに感謝されるどころか、恨まれてしかるべし。わたしはそなたの恩人ではない。敵なのだ」

真木舎で篠生が言った、『わたしはそなたが思っているような男ではない』というのは、そういう意味だったのか。

しかし、おまきの胸の中に篠生を恨む気持ちは微塵も生まれなかった。むしろ、偶然行きあっただけの町人の小娘相手に真実を告げてくれた正直さにおまきは打たれた。

すまなそうにうなだれて篠生は続けた。

「町人の中には処罰された者も多くあった。ところがわたしは、江戸家老が素早く動いてくれたおかげで事なきを得たのだ。なんの処罰も受けず……卑怯者だよ、わたしは」

「そんなことございません！」

自分でも驚くような大きな声が出てしまったが、おまきはそのまま続けて言った。

「卑怯者などではございません！　どういうご事情であろうと、篠生様はわたしを助けてくださいました。正々堂々と悪党と渡り合った。そのことはわたしがよっく覚えております。誰がなんと言おうと篠生様はわたしの恩人です！」

「……そのように言ってくれるか……そなたは町人でありながらなんという義理堅い娘だ

……」

篠生の瞳がきらりと輝いた。その輝きが涙によるものだと気がついて、おまきは自分も目頭が熱くなるのを感じた。

「……わたしもそなたのことを思い出していた」

「えっ？」

思いがけない篠生の言葉に、おまきは目を見開いた。

「騒ぎの後、わたしは国元へ返されて逼塞したのだ。腹を切らねばならぬところを大殿様の御情けを賜ったが、胸を病んでね。長い間世捨て人のように暮らしていた。江戸ではずいぶん馬鹿をやったが、病のお蔭で、すっかり大人しくなったというわけだ。年寄りのように昔を思い出すとき、不思議とそなたのことが頭に浮かんだ。あの美しい娘はどうしているだろう、赤い手絡の似合うあの娘は大きくなったことだろう、と」

光る君がわたしを思い出してくれていた！　ほんのひとときかもしれないけど、わたしのことを考えてくれていたのだ！

こみ上げる喜びに、おまきは頭がくらくらした。

篠生はそこになにかを捜すかのように、おまきの顔を見つめて言った。

「それで、ふと気がついた。そなたは誰かに似ている……と」

えっ？

「どうにも気になってならなかった。そこで、わたしは少し調べてみたのだ。蔵前の札差、伊勢屋の娘、おまき。それを手がかりに。するとすぐに行き当ったよ。そなたの伯母御、豊野殿に」

篠生様は、いったいなにをおっしゃっているの？

「そなたが誰に似ていたか……わたしはやっと気がついたのだよ。伯父上だ。殿の弟君、永次郎様のことだ。それでわたしは思い当ったのだよ。伯父上と豊野殿のことを……伯父上が身罷《みまか》った後、宿下がりした豊野殿は身ごもっていたという噂があった。もしや、そなたは……」

篠生はなおもおまきを見つめて言った。

「そうなのか？　やはり、そなたは伯父上の子なのか？」

……えっ？

「なによりそなたの容貌は伯父上に生き写し。隠しようもないそれが証だ」

「……」

「事情を汲んだ伊勢屋がそなたを実子として育てたのか？　そなたは伯父上のことをわたしに聞きたかったのではないのか？　それゆえ、あのような危険を冒してまで真木舎へ忍んできたのではないのか？　わたしは幼いころ、可愛がられたのでな、人よりは伯父上のことをよく存じておる。そのことを誰かから聞いたのではないのか？」

「な……」

おまきは顔を上げた。声が出なかった。それを見たとたん、篠生の整った顔に怯えに似た色が走った。

「……そなた、もしや……知らなかったのか？」

「存じません、まさか、そのようなこと」

「なんと、では、そなたは……」

「ま、真木舎にうかがったのは、ただ、あなたさまにお逢いしたい一心で……だから、そんなこと、ちっとも……伯母様が、まさか……わたし、わたし……失礼します！」

おまきは座を蹴って、部屋を飛び出した。

「待て、すまぬ、わたしは、そんなつもりでは……」

篠生の声が遠ざかる。

蔵やを出て、おまきはとぼとぼととっぷり暮れた両国広小路を歩いた。

いつの間にかお亀がおまきを守るようについてくる。暗くて表情は見えないけれど、いつもの不変不動の巌のような無表情だと思うと、少しだけ気持ちが和んだ。

「お亀……聞いた？」

「はい」

「あんた、知ってたの？」

「いいえ、存じませんでした」

「本当かしら……わたしが……」

「旦那様にお聞きになるのですか」

「ええ、このままじゃ……」

「さいでございますね」

それからふたりは蔵前まで黙って歩いた。

ふと誰かに呼ばれたような気がして振り向くと、来た道は塗り込めた壁のような深い闇に閉ざされていた。

篠生様は、追ってきてはくれなかった……。

そのことに気がついたとたん、糸がぷつりと切れたような寂しさに襲われて、おまきはその場にしゃがみこんだ。

「お嬢様、まいりましょう」

お亀に体を支えられ、おまきはやっと我が家の敷居をまたいだ。

「どこへ行っていたのだ。おあやに続いておまえまで、いったい、うちの娘どもはどうなっている」

すごい剣幕で怒鳴り散らす宗助を前に、おまきは静かに背を向けた。

「おとっつぁん、ちょっと来て」

「なんだと、それが親に向かって物を言う態度か」

「いいから、ちょっと来て。聞きたいことがあるの。後生だから」

おまきの深刻そうな様子に気圧されたのか、宗助は口を閉ざして従った。

お亀を見張りに立てて、宗助と自室にこもるとおまきは前置きもなく切り出した。

「わたしが、おとよ伯母様の娘だって、本当？」

宗助は端正な顔をゆがめておののいた。

「なにを馬鹿なことを……」

「本当のことを聞きたいの。御殿様の弟君がわたしの父親だってのは、本当のことなの？」

「誰がそんなことを言ったのだ」

「篠生様……御殿様の甥御様よ。わたしが、その永次郎様という方に生き写しだそうよ」

「なんということを……」

「おとっつぁん、教えて。どういうことなの」

観念したように、宗助はその場にすとんとあぐらをかいて、絞り出すようにつぶやいた。

「だから言ったんだ、御殿はいけないと……」

「どういうこと？」

宗助は咎めるように口調を荒らげた。

「おまき、おまえ、それを信じたのか？　わたしがおまえの父親でなぜいけない？　そんなに御大名家がいいっていうのか」

「違うのよ、おとっつぁん。わたしはこの家が好きだし、他の暮らしがあったかもしれないなんて考えたこともない。でも、辻褄が合うんだもの。御殿の噂やおとよ伯母様のことや、それに、篠生様の話も……本当のことを知ったからって、そりゃ、驚くけど、どうなるわけじゃないわ。でも、知りたいの。このままじゃいられない」

宗助はしばらくの間、ふてくされたように畳の縁に目を遣っていたが、投げ出すように言った。

「あさひは病弱だった」

あさひ。おまきの母親、おまきを産んでまもなく亡くなった……そう言い聞かされてきた。

「蒲柳《ほりゅう》の質だった。とても札差の女房など勤まらないと親戚一同反対したが、わたしが強いて、嫁に貰った。だから身ごもったときは、大事をとって実家で養生させることにしたのだ。ちょうど同じころ、奥女中だったおとよさんも宿下がりしていてね……おとよさんも身ごもっていた。御殿様の弟君……永次郎様の御子だ」

普段から物事を筋道立てて淡々と語る宗助である。しかし今の宗助の口調は、抑えても抑えきれない昂りをはらんで熱っぽく震えていた。

「だが、永次郎様の御正室という方がそれはそれは悋気《りんき》の激しいおひとだったらしい。側室が身籠るや、あらゆる手段を講じて子を殺すと噂されていた。おとよさんは危難を避けたかったのだ。誰にも内緒で子を産もうと決めたのだ。やがておとよさんは無事女の子を産んだ。その子はすみやかに里子に出されるはずだった。だが……そのときあさひは流産していたのだ。子供を持てない体になってしまっていた。あさひは子供が欲しかったし、おとよさんは赤ん坊を遠くへ里子に出すより、せめて近くで見守りたいと思ったのだ。やがてあさひは赤ん坊を抱いて帰ってきた。生まれてまもないというのに顔立ちの整った可愛い女の子だった……」

「それが、わたし？」

「ああ、そうだ」

宗助がうなずいた。それを見た瞬間、おまきの胸は錐をねじこまれたように激しく痛んだ。

そのいきさつは、半ばわかっていたことだった。にもかかわらず、宗助の口を介したとたん、事実がにわかに形をもっておまきにのしかかってきたのである。

「おまき、大丈夫か」

畳に手をつきようやっと体を支えているおまきを、宗助は気遣った。

「このことは、他に誰が知っているの」

「あさひと実家の両親と産婆……もっとも皆鬼籍に入った。他にはおとよさんとおみちとわたしくらいのものだ。御屋敷では気がついた者もいたかもしれないが、なにぶん昔の話だ。もう誰もはっきりとは覚えていまい。だが、榊様が仰る通り、女ながらおまえの面差しは永次郎様に瓜二つだそうだ。御屋敷になど上がれば、いらぬ火種にならぬとも限らぬ。それゆえ、おまえを御屋敷に近づけることは避けてきたのだ」

「……おとっつぁんがわたしの御殿奉公にあれほど反対したのは、そのせいだったのね」

うむ、と宗助はうなずいた。

「気がすんだか」

「……」

知りたいことを知りえたというのに、なぜだか気持ちはふさいだままだった。

「黙っていたのは悪かった。しかし、事情はおまえにもわかるだろう。知らないほうがよいことも世の中にはある。わかるな」

「ええ……おとっつぁん、もうひとつだけ」

「なんだい」

「わたしのまきという名は誰がつけたの」

「おとよさんだ。なにかいわれがあるのかどうか聞いたが、教えてくれなかった」

「……そう。ありがとう」

宗助の足音が遠ざかり、代わりにお亀が部屋に入ってきて黙って熱い茶を淹れた。

湯呑み茶わんの温もりが手のひらから次第に体全体へと広がっていく。まるで氷の刃を突き立てられたかのように強張っていたおまきの胸の内が徐々に氷解していくようであった。

真木舎。永次郎とおとよが暮らした屋敷。

伯母様はわたしの名にその思い出を託したのだ。

「お嬢様……」

お亀がなにか言いかけて、口をつぐんだ。巌のような無表情。けれどお亀の細い目の奥にかすかにうかがえる揺らぎを見れば、おまきを気遣っているのがよくわかる。

「お亀、わたしは大丈夫よ」

「……」

「ちょっと驚いただけよ。世が世なら御大名家のお姫様だったなんて……ははは、やっぱりねー、わたしったら、尋常でない品があるとは思っていたのよ。血は争えないわねー、ははは」

空笑いをしても、頬が強張ってしまう。唇が凍えたように震えてしまう。

「お嬢様……」

お亀の温かい手がおまきの肩に触れた。とたんにどっと涙があふれた。

「嘘みたい……そりゃ、おっかさんは継母だと知ってはいたわ。でも、おっかさんや宗太郎やおあやとは、おとっつぁんを通じてつながっているんだと思ってた。だけど、違ったのね。わたしはおとっつぁんの子ですらなかった。わたしだけが赤の他人だったのよ……わたしだけ……わたしだけが……」

粒のそろった白石の中に、ぽつんとひとつ投げ込まれたいびつな黒石みたいに。

「お亀……わたし……」

「お嬢様……」

こらえきれずにしゃくり上げるおまきの目の前で、巌のようだったお亀の顔が崩れ落ちるように歪んだ。細い目からは涙があふれ、いつもしっかり引き結んでいる唇はへの字に曲がり、わなわなと震えていた。

「お嬢様が他人だなんて、そんなわけございません！　金輪際、そんなわけございません！」

「でも、そうなんだもの。わたしはおとっつぁんの娘じゃない。おっかさんの子でもない。宗太郎やおあやの姉でもないんだわ。でも、だとしたら……お亀、わたしって、なんなの？　わからないわ。わたしはいったい、なんなのかしら」

「お嬢様はお嬢様でございます！」

遠くで火の用心の拍子木が響いた。それを合図のように、近所の犬がいっせいに遠吠えを始めた。

聞き慣れた町の音なのに、なぜか今夜はひどく懐かしい。

拍子木がひとつ鳴るたびに、おまきは、今までの自分がはるか彼方へと遠ざかっていくような心細さを感じていた。


まんじりともせず迎えた朝は、霧雨に白く煙っていた。

厨から味噌汁の香が流れてくる。奉公人の立ち働く物音がする。

今ごろ、おみちは奥で采配を振り、宗助は宗太郎を従えて算盤をはじいているだろう。

なにも変わらない。

この店もこの家もなにも変わらないはずなのに、おまきの目に映るもの耳に聞こえるもののすべてが、一夜でなにもかも変わってしまった。

部屋の見慣れた柱さえ、どこかよそよそしく見える。

おまきはふと源氏物語の真木柱《まきばしら》の巻を思い出した。自分の名の入ったこの巻には親しみを覚えていたのである。

今はとて宿離れぬとも馴れきつる　真木の柱はわれを忘るな

真木柱は父親の髭黒大将が新しい妻を迎える折、母親に連れられて住み慣れた家を出ることになる。後ろ髪を引かれる思いで見慣れた家の柱に別れを告げながら。

おまきは、突然自分をとりまく世界が変わってとまどう真木柱が哀れで、涙したものである。

事情は違っても、物語の中の真木柱のように、おまきの世界も変わってしまった。

この家も、この柱も、他人のもののようにすっかり遠くなってしまった。

わたしの馴染んだ家はもうないのだわ。

身支度もそこそこに、おまきはぬれそぼつ庭に降り立った。

傘をさすと、部屋の中では聞こえなかった細かな雨の音が無数の蝶の羽音のように耳を打つ。

冷気がおまきを包んだ。傘など役にたつでもなく、まるで海の底にでも降りたかのように総身がしとどに濡れた。

雨が、見るものすべての輪郭をおぼろにしていた。町の景色もおまき自身も溶けてなくなっていくような気がした。

「お嬢様！　どちらへおいででございますか」

お亀が息を荒らげて追いついてきた。

「さあ……」

どこへ行こうか。

どこへも行き場がないような気がする。

川面をただよう朽ち葉のようにおまきは雨の中を流れていった。

お亀が無言でついてくる。

やがてどこからか、甘酸っぱい匂いがただよってきた。

鳥飼和泉。

饅頭屋である。

わたしったら、こんなときに饅頭屋に来ちゃうなんて。

情けないような、おかしいような、気の抜ける思いでおまきは道端にたたずんだ。

鳥飼和泉は大戸を開けたばかりで、小僧が店前を掃いていた。

鳥飼和泉の饅頭……篠生様もお好きだとおっしゃっていた……。

そう思った瞬間、右手から若旦那ふうの男がひょいと角を曲がってきて、おまきと目が合った。

「ええっ？」

おまきは思わず声を上げた。

「篠生様？」

幻？　いや、目の前の男は確かに町人姿の篠生ではないか。

「嘘っ、どうして？」

「やっ、そなたは……」

篠生もまた、おまきを見て言葉を失った。

「篠生様どうして、そのような恰好なさって……」

着流し姿の篠生は、粋な町人のなりである。

「これか？　これは……まあ時々、気まぐれにこんなことをする」

いたずらを咎められた少年のように、恥ずかしそうに篠生は小声で答えた。

十六年前も、初めて出逢った篠生は町人のなりだった。

離れても、別れても、このひとは鳥が舞い降りるように突然に、きっとわたしの前に現れる。不安の只中にいるわたしの前に舞い降りる、そして、救いの手を差し伸べてくれるのだ、ついこの間も、十六年前のあのときも……。

「……お願い、助けて」

おまきは傘を投げ出して、少女のようにべそをかき、その場にうずくまってしまった。

お亀がその傘を拾いあげた。篠生は慌てるでもなく、おまきの前に立った。そして手を差し出して言った。

「来なさい。少し話そう」

おまきは大きくうなずいて、その温かな手にすがり、立ち上がった。

篠生は傘をさしてはいなかった。

いつのまにか雨はやんでいたのである。

蔵やの離れで、篠生とおまきは向かいあっていた。

急いで求めた蒸したての饅頭の包みを傍らに置いて、篠生が言った。

「不思議だな。なんとなく、そなたに逢えるような気がした」

「えっ？」

「饅頭屋の前の通りを歩きながら、そなたのことを考えていた。確か、饅頭が好物だと言っていたと……」

わたしも篠生様のことを考えておりました……そう言いかけて、おまきは我に返った。

そして畳に手をついた。

「申し訳ございません、取り乱してしまって、失礼しました、わたし……」

「よいのだ。なにがあった？　もしや、わたしのせいではないのか？」

「……」

黙ってしまったおまきを前に、篠生は美しい眉根を寄せてささやくように言った。

「この間のことを……そなたの気持ちも知らず、わたしは余計なことをぺらぺらと喋りすぎた。ずっと気になっていたが、どうしていいかわからなかった。詫びを言う。この通りだ」

「そのような、おやめくださいませ」

手をつこうとする篠生を止めておまきは言った。

「あれから蔵前の父に確かめました。榊様の……篠生様のおっしゃる通りでございました。わたしの父と母は……」

おまきは口ごもった。

なんといえばいいのだろう。

永次郎様。そのひとのことをおまきはなにも知らない。知りたいとも思わない。おとよ伯母は敬愛する伯母ではあったが、そのひとが実の母だといわれても戸惑うばかりである。

わたしの父と母は……。

「すまなかった」

篠生があらためて手をついて言った。

「さぞ驚いたことだろう。詫びても甲斐のないことだが詫びを言う。すまなかった」

いいんです、平気です……そう言いたいけど、言えない。平気じゃないもの。わたし、もうどうしていいかわからないんだもの。

「わたしは懐かしかったのだよ」

しぼりだすように篠生が言った。

しんとしずかな篠生の声音が、体にしみいるような心地がして、おまきは顔を上げた。

「懐かしかったのだ。そなたに逢い、話しているうちに、伯父のことを思い出して、懐かしくてたまらなくなった。それでつい……軽率であった」

「……そんなに似ているんですか」

おまきは思わず問い返していた。

「その方、永次郎様という方に、わたしはそんなに似ているんですか」

「うむ。よく似ている。涼しげな目元や細く通った鼻筋や、面立ちはもちろん、ちょっとした仕草や、それに饅頭が……」

「饅頭？」

篠生は大真面目な顔で続けた。

「や、失敬。饅頭が好物であるというところも同じである。伯父は下戸で甘党であった。甘味には目がなくて、特に薯蕷《しょよ》饅頭が好物であったのだ」

「まあ」

「わたしが甘いもの好きになったのも伯父の薫陶によるところかもしれぬ。それとも血筋であるのかもしれぬな」

すきとおった篠生のまなざしがおまきに注がれている。その視線の先に、もしかしたら篠生は亡き永次郎の面影を見ているのかもしれない。

「伯父は学問武芸に秀で眉目秀麗、隙のない冷たい感じのするひとであったのだが、心根は優しく親しみやすい人柄であった。ことに甘味を前にすると子供のように無邪気になられて……そなたと打ち解けて話をしていると、そのような伯父の姿が思い出されて、言わずともよいことを口に出してしまった……まことにあいすまぬ」

篠生の言葉の端々に悔恨の情があふれていた。篠生の思いはさざなみとなっておまきへと打ち寄せてくる。汀《みぎわ》の砂が波にならされていくように、おまきの節くれだった心の内もしだいしだいにならされていった。

篠生はなつかしそうに続けて言った。

「伯父は素晴らしいひとであった。わたしは乳母に育てられた。実の父母とは疎遠であった。ゆえに、永次郎伯父はわたしの一番近しい肉親であったと言っても良い。ときに兄のようでもあり、父のようでもあった。厳しくも優しいひとであった。男としてひととしてこうあらねばならぬという心構えは、皆伯父に教わったような気がする。もっとも、伯父の言うとおりにはなかなかできなんだが……」

おまきは歌を思い出した。源氏物語の椎本《しいがもと》。姫君が亡き父を思って詠んだ歌。

奥山の松葉につもる雪とだに　消えにし人を思はましかば

雪は消えてもまた積もる。けれど、亡くなってしまった人はもう決してもどらない。消えてしまった父君が雪だと思うことができたなら……。

人はせめて、亡き人の面影をどこかに捜そうとするのかもしれない。

悪気などなかったのだわ。篠生様は本当に永次郎様を敬愛なさっていらっしゃる。昔も、今もなお。

そしてそのひとが、わたしの実の父親なのだ。

とまどいが消えたわけではない。けれど、行き場のない憤りのような感情はいつのまにか凪いでいた。

「いいんです、篠生様。どうかお気になさらないでください。わたし、大丈夫です」

おまきは笑みを浮かべた。心からの笑顔であった。

「いつかは知るべきことだったのです。わたし、篠生様からお聞きできてよかったと思っています。永次郎様のお人柄をよく知る篠生様から」

篠生の表情がやわらいだ。眼差しは優しくおまきに注がれていた。

「そなたはまことに、心意気まで伯父に似ている。男気にあふれ……いや、失敬、女子にしておくのは惜しいような器量だ」

「は、はあ」

男気？　えっと、これって、喜んでいいのかしら？

「ところで、そなた、先日のお目見えはどうなったのだ。御殿に上がることになったのか」

「それはその……実は、伯母や父が反対しております。いらぬ火種になってはならぬと……」

「そなたはどうなのだ」

「奉公に上がるのも良いのではないかと存じますが、伯母の悩みの種になるのは本意ではございません」

「ふむ……」

篠生は聡明そうな瞳を曇らせて口を閉ざした。

小さな間があいた。沈黙が篠生を連れ去ってしまいそうな気がして、おまきは言葉を継いだ。

「あの、わたし、篠生様にお手紙を書こうと致しておりました」

「わたしに？」

「はい。もう一度お逢いしたい、と」

「そうか……逢えてよかった。手紙を書く手間が省けた」

「はい」

ふたりはどちらからともなく顔を見あわせて笑った。

逢えてよかった。ほんとに、逢えてよかった。

篠生が饅頭の包みを開いた。

「ひとつ、いくか」

「はい」

篠生の差し出す饅頭をおまきは押し頂いた。いつもより小さくちぎって口に入れたのに、甘みが口中をいっぱいに満たし、なぜか目頭が熱くなった。

好きなひとと好きな物を食べるのは、なんて幸せなんだろう。

「うまいな」

「はい」

「鳥飼和泉さまさまだ」

「はい。十個でも二十個でもいけそう……あ、いえ、そのあの」

「ははは、わかるぞ。そなたとは、気が合いそうだ」

篠生の笑顔が輝いて見えた。たくましい手には鳥飼和泉の薯蕷饅頭。

ああ、わたし、饅頭になりたい……。

思った瞬間、次の間でお亀が、こほん、と小さく咳払いをした。

縁側から部屋の奥まで、日あしが長く差しこんでいた。ついこの間まで、頭のてっぺんからじりじりと照りつけていたお天道様が優しく斜めにかしいでくると、風も光もやわらいでくる。

緑鮮やかだった垣根沿いのいろは紅葉も、日一日と夕焼け色に染まり始めていた。暮れ染めた庭を眺めつつ、おまきは深いため息をついた。

鳥飼和泉でばったり出逢ったあの日以来、篠生からはなんの便りもこなかった。あの日は気持ちが高揚していたけれど、よく考えてみれば、なんの約束をしたわけでもなかった。少し話をして饅頭を食べて、ではまた、と言いあって別れたのだ。心が通いあったように思えたのは、気のせいだったのかもしれない。

やけ食いをしようとしても、饅頭を見ると、篠生を思い出して胸がいっぱいになってしまう。

どうすればいいの。

あの日からずっと気が抜けたようで、おまきはなにをしても身が入らなかった。

「お嬢様」

いつのまにか、お亀がそばにきていた。

「なあに。わたし、おなかすいてないの」

「旦那様がお呼びでございます」

「おとっつぁんが？」

宗助は床の間を背にどこか落ち着かない様子で腕組みをしていた。

「そこへ座りなさい」

宗助が言うと、脇でおみちがおまきを安心させるように軽くうなずいた。

宗助はむずかしい顔で、なにやら折りたたんだ紙を広げていた。

「おまき、実はおまえの身の振り方だが……」

まさか、縁談？

「まだ奥奉公をする気はあるのか？」

おまきはまばたきも忘れて宗助を見返した。

「えっ……な、なにそれ、おくぼうこうって」

「実は、おとよさんから便りが届いた。おまきを御屋敷に上げてはどうかと」

おまきはわけがわからなくなった、

「伯母様からって、どうして、あの、だって、あんなに反対していたじゃない、伯母様もおとっつぁんも……」

「うむ。それがな、どうやら事情が変わったようなのだ」

宗助もまた、とまどっているかのように鬢をかいた。

「事情って」

「例の永次郎様の御正室な、長患いで身罷ったそうだ。それで、息のかかった者も御殿にはもういない。おまえが上がっても、問題はないだろうというのだ」

「え、だからって、でも、急に」

「それに、ぜひにもおまえを御側女中にあげてほしいとお達しがあったそうなのだ」

「お達し？」

「藩主の甥御様からのお達しだというのだ」

おまきの胸がにわかに高鳴った。

甥御様？　それって、それって……。

「おとっつぁん、それ、誰のこと？　そのお手紙にはなんと書いてあるの？」

「えーと……榊……榊様……」

篠生様だ！

「えー、それでだ、おまえさえよければ……」

「いいに決まっているじゃないのっ！」

篠生様がわたしを呼んでくださった。あの日から、わたしのことを考えていて下さったのだ。忘れてしまっていたのではなかったのだ。

「おとっつぁん、わたし……」

御殿に行くわ、そう言いかけて、おまきははたと我に返って宗助を見た。このところ、急に年をとってしまったような生真面目な父親の顔を。

たかぶりかけた心をしずめて、おまきは訊いた。

「……おとっつぁんは、いいの？」

「わたしかい？」

宗助は驚いたようにおまきを見返した。

「いいもなにも、おとよさんはおまえの実の母親だ。おまえの上がる御屋敷というのが、おまえの実の父親がその昔暮らしたところだとも聞いた。おまえが御殿に上がりたいと思う気持ちもよくわかる。わたしにおまえを止めることはできないよ」

理路整然と宗助は言った。どこか突き放したような口調であった。

「でも、わたし、おとっつぁんの娘だわ」

おまきは思わず、駄々をこねるように言った。

「ほんとの娘じゃないかもしれないけど、わたし、おとっつあんの娘だわ。違うの？　だから、もし御殿に上がるのなら、おとっつあんの許しがほしい。おとっつあんが駄目だと言うなら、御殿には行かない。わがまま言って、迷惑もかけて、どうしようもない娘だけど、なによりもわたしは伊勢屋の娘でいたい。ねえ、おとっつあん、お願い、わたし、おとっつあんの娘でいたいの」

するど宗助は、腕組みをしたまま怒ったように目を閉じてしまった。

「おとっつあん……世の中には知らなくていいことがあるって言ったわよね？　ほんとにおとっつあんの言う通りだと思う。でも、わたしは知ってしまった。知ってしまったけど、わたしはやっぱり、わたしでしかない。おとっつあんの娘でいたい。蔵前嫁き遅れ小町のおまきでいたいのよ」

くっ、と小さく宗助がうめいた。宗助の口元が小刻みに震えていた。

「まったく……おまえという娘はまったく……」

閉じた宗助のまぶたから、涙がじんわりにじんでいた。

宗助はおもむろに腕組みを解き、目を開けた。白目は赤く黒目は濡れていたけれど、唇はもう震えていなかった。

「おまき、いいか」

しっかりとした口調で宗助は言った。

「御大名家の奥というところは、魑魅魍魎《ちみもうりょう》の闊歩する百鬼夜行の伏魔殿《ふくまでん》だ。家で気楽に遊んでいるようなわけにはいかない。苦労もあるし辛いこともある。覚悟はあるのか」

「はい」

おまきは、宗助の目を見てうなずいた。

魑魅魍魎？　そんなの蚊取り線香でいぶしてまとめて箒《ほうき》で掃き出してやるわ。

百鬼夜行の伏魔殿？　大丈夫。篠生様とご一緒なら、どこだって、極楽浄土よ。

「うむ。ならば行きなさい。苦労もおまえの糧になるだろう」

「ありがとうございます」

おまきは畳に手をついて、しおらしく頭を下げた。

頭の上を宗助の吐息が流れた。吐息の続きのように、宗助が優しく言った。

「なにがあろうと、おまえはわたしの娘だ。どうしても辛抱しきれないと思ったならば、いつでも帰ってきなさい。いいね？」

おまきは顔を上げた。

おまきと目が合うと、宗助はやっと笑顔を見せた。

それまで身じろぎもせずにいたおみちが、生き返ったように頬をゆるめて言った。

「さあさあ、そうと決まれば、支度をしなくちゃ。忙しくなりますよ。はっはっはーはっはっはー」

おみちの朗らかな笑い声を耳にして、おまきの胸の内もにわかに晴れてゆく。

御殿に上がる。篠生様の元へ。

おまきは喜びよりもむしろ身の引き締まる思いがした。

わたしは篠生様のことをなにも知らない。でも、あのひとのことを知りたいと思う。もっともっと。そして、知ればきっともっと好きになる、そんな予感がする。もしかしたら、恋って、そんな予感のことなのかもしれない。

まだなにも始まっていない。だからこんなに思いはつのる。

なににも代えがたい幸せの予感……それが恋。

おみちがあたふたと立ち上がった。

「まずはお祝いだねぇ。この際、親類縁者ご近所みーんな集めて、ぱーっとやりましょう。ぱーっと！」

「ちょいと、おっかさん、そこまでしなくていいよ」

「なぁーに言ってんだい。こういうときこそ、ぱーっとやらなきゃ！」

「いや、だから……」

「あ、そうだ！　おあやと新九郎さんに三弦で盛り上げてもらいましょう。いっそ芸者衆もよぼうか！　ぱーっとやるんだ、ぱーっと！」

「あのね、だから、そういうこと、わたしは……」

しぶるおまきを見て、おみちが急に真顔になった。

「……だって、めでたいじゃないか。嫁き遅れだなんだと陰口たたかれていたおまえが、乞われて御殿に上がるなんて、嬉しいじゃないか。あんたはお祝いしたくないのかい？」

いつのまにか、おみちは泣いていた。顔じゅうくしゃくしゃにして、涙と鼻水だらけになって、泣き笑いみたいに大口をあけて子供みたいに泣いていた。

おっかさんたら。

あけっぴろげで、せっかちで、恥ずかしいほど声が大きくて、でも誰よりもあたたかい、それが、おみちであった。誰でもない、おみちこそが、おまきの母なのである。

「おっかさん、わかった。しよう！　お祝い。ぱーっとやりましょう、ぱーっと！」

おみちの顔が輝いた。

「ようし、おっかさんはおまえのために腕をふるうよ。おまえの好物をずらりと並べてやるから、楽しみにしておいで。餅だろう？　卵焼きに、寿司に天ぷらに……饅頭。鳥飼和泉の」

「そんなに食べきれないって」

「なに言ってんの。あんたなら大丈夫」

「んもう、おっかさんたら」

苦笑しながら、おまきの胸はあたたかいもので満たされていた。

「さてと、お祝いもしなきゃいけないけど……着物だよ、着物。さっそく着物を誂えなくちゃ。お亀、お亀、ちょいと来ておくれ」

「はい、おかみさん、お呼びでございますか」

巌のような無表情でお亀がかしこまった。

「おまきの着物、どんな柄がいいだろうねえ。色はどうしようか。藍《あい》もいいし、茶もいいし、うぐいす色なんかもいいし……」

「おっかさん、赤にして」

おまきはすかさず口をはさんだ。

「赤？　ちょいと若すぎやしないかねえ、おまえもう二十三に……」

「赤がいいの」

おまきがたたみかけると、お亀が深々とうなずいた。

「さいでございます。赤がようございます」

「そうかい、お亀がそう言うなら赤にしようか」

不承不承におみちがうなずくと、おまきとお亀はどちらからともなく、顔を見あわせた。

お亀の頬にえくぼが浮かんだ。

そうよ。あのひとに逢いにいくのだもの、赤がいい。

——赤がとてもよく似合う。

あのひとがそう言ってくれたから。

その言葉を抱いて、わたしはずっと待ち続けていたのだから。

あのひとにもう一度、めぐり逢うまで。

本書は書き下ろし作品です。

UN-GO 因果論

會川 昇

〝敗戦〟後の近未来日本。〔探偵〕は新興宗教団体で続く連続不審死事件への捜査協力を依頼された。姿の見えない獣が出現するというその事件は〔探偵〕が口を閉ざす過去、行動を共にする奇妙な少年・因果と密接な関係があった――坂口安吾『安吾捕物帖』原案のアニメ「UN-GO」の劇場公開作を脚本家自身がノヴェライズした「因果論」に加え、小説版オリジナルの前日譚百枚を特別収録。

ハヤカワ文庫

know

野﨑まど

超情報化対策として、人造の脳葉〈電子葉〉の移植が義務化された二〇八一年の日本・京都。情報庁で働く官僚の御野・連レルは、あるコードの中に恩師であり稀代の研究者、道終・常イチが残した暗号を発見する。その啓示に誘われた先で待っていたのは、一人の少女だった。道終の真意もわからぬまま、御野はすべてを知るため彼女と行動をともにする。それは世界が変わる四日間の始まりだった。

ハヤカワ文庫

虐殺器官〔新版〕

伊藤計劃

9・11以降、〝テロとの戦い〟は転機を迎えていた。先進諸国は徹底的な管理体制に移行しテロを一掃したが、後進諸国では内戦や大規模虐殺が急激に増加した。米軍大尉クラヴィス・シェパードは、混乱の陰に常に存在が囁かれる謎の男、ジョン・ポールを追ってチェコへと向かう……彼の目的とはいったい？ 大量殺戮を引き起こす〝虐殺の器官〟とは？ ゼロ年代最高のフィクションついにアニメ化

Cover Illustration redjuice

ハヤカワ文庫

著者略歴　1968年北海道旭川市生，作家　千葉大学文学部文学科仏文専攻卒　著書『吉井堂 謎解き暦姫の竹、月の草』『恋仏』『御役目は影働き　忍び医者了潤参る』『月の欠片』他多数

HM=Hayakawa Mystery
SF=Science Fiction
JA=Japanese Author
NV=Novel
NF=Nonfiction
FT=Fantasy

めぐり逢《あ》ふまで
蔵前片想い小町日記

〈JA1230〉

二〇一六年五月二十日　印刷
二〇一六年五月二十五日　発行
（定価はカバーに表示してあります）

著者　浮《うき》穴《あな》み　み
発行者　早川　浩
印刷者　竹内定美
発行所　株式会社　早川書房
郵便番号　一〇一 - 〇〇四六
東京都千代田区神田多町二ノ二
電話　〇三 - 三二五二 - 三一一一（大代表）
振替　〇〇一六〇 - 三 - 四七七九九
http://www.hayakawa-online.co.jp

乱丁・落丁本は小社制作部宛お送り下さい。
送料小社負担にてお取りかえいたします。

印刷・信毎書籍印刷株式会社　製本・株式会社フォーネット社

ISBN978-4-15-031230-5 C0193

本書は活字が大きく読みやすい〈トールサイズ〉です。